Dreamcatcher

Tome 3. La guerre du Sidhe

Aurélie Swan

© 2023 Aurélie Swan
Édition : BoD - Books on Demand, info@bod.fr
Impression : BoD - Books on Demand, In de
Tarpen 42, Norderstedt (Allemagne)
Impression à la demande
ISBN : 978-2-3221-8617-4
Dépôt légal : avril 2023

Couverture réalisée par Caroline Mertz

Note de l'autrice

L'intrigue de ce roman se déroule à Salem village, situé non loin de Salem, célèbre ville du Massachusetts près de Boston, que l'on connaît pour ses procès de sorcières en 1692. Pour les besoins de l'histoire, j'ai repris ce lieu historique emblématique des sorcières, néanmoins tout parallèle avec la réalité s'arrête là. Toute ressemblance avec des personnes existantes ou ayant existé est purement fortuite.

Chapitre I

Juillet 1692, Enora, Salem

— Enora, derrière toi !

Je me retournai vivement et fis apparaître un bouclier pour me protéger de l'arc de feu qui se dirigeait droit sur moi. À peine remise du choc de l'attaque, je projetai, d'un revers de main, le démon contre un arbre puis retournai le poignard qu'il me lançait dans sa direction. Il disparut dans un nuage de fumée me laissant encore sous le coup de l'adrénaline. J'embrassai la scène du regard. Kaelan essuya la sueur sur son front puis me rejoignit. Nous venions d'affronter une dizaine de démons alors que nous nous rendions à la clairière. Ces derniers ne pouvant plus accéder au village de Salem, protégé par la magie des pierres, multipliaient leurs attaques à l'extérieur du bourg. Le manoir étant également sous la protection des cristaux, nos ennemis se rabattaient sur la forêt des chamans.

Depuis la mort d'Alistair qui avait entraîné la libération de son esprit dans le Sidhe, les démons s'évertuaient à briser la frontière entre le monde des esprits et le monde réel. Nous savions désormais que le monde onirique représentait davantage que ce que nous pensions quelques mois plus tôt. Il était en réalité le Sidhe, créé par la déesse Danann pour protéger l'équilibre entre les univers. En son sein coexistaient le niveau des anges, les limbes, le monde onirique et le royaume des démons. Alistair s'y était établi avec son coven démoniaque et m'avait retenue prisonnière dans son château pendant plusieurs semaines. Durant ma captivité, il m'avait torturée afin que je lui révèle quel était mon nouveau pouvoir. J'avais réussi à le lui dissimuler suffisamment longtemps pour permettre à la meute de Lycaon et à mes sœurs d'échafauder un plan et de me libérer. Eirin s'était alors retournée contre Alistair à la suite de sa transformation en banshee. Elle s'était enfuie avec Fergus, un ancien druide ayant rejoint le coven d'Alistair plusieurs décennies auparavant, pensant œuvrer pour la création d'un Nouveau Monde. Lorsqu'il s'était rendu compte de son erreur, il avait saisi l'occasion de fuir avec Eirin. À la suite de ma libération, nous avions reformé notre coven en associant la meute de Lycaon et Aldric à notre assemblée. Le métamorphe nous avait rejoints plusieurs mois en arrière et m'avait permis d'acquérir une nouvelle capacité : celle de me transformer en chat noir et de bénéficier de neuf vies.

Le jour de Litha, alors que nous pensions avoir

vaincu Alistair lors de l'attaque de Salem orchestrée par le chasseur et ses sbires, Eirin était venue nous prévenir qu'Alistair n'était pas mort. Son esprit était parvenu à renaître dans le Sidhe et il avait atteint un niveau lui permettant de causer la destruction de la frontière entre nos mondes. Celle qui fut jadis ma sœur ne s'était pas repentie au point de revenir vers nous, mais elle partageait désormais notre souhait d'arrêter Alistair qui nous menait tous à notre perte. Elle nous avait confié la garde de Sybille, une petite fille devenue orpheline à la suite de l'attaque de Salem. D'après Eirin, l'enfant était la clé et il fallait la protéger d'Alistair par tous les moyens. Kaelan s'était alors installé au manoir et, ensemble, nous veillions sur l'enfant comme une vraie famille.

    Notre relation s'était renforcée au fil des épreuves. Nous avions connu des moments de doutes liés au passé de Kaelan. Le chaman m'avait dévoilé ses secrets et sa culpabilité due au fait de ne pas être parvenu à sauver sa première fiancée des dangers de la magie. Il avait alors renié la part animale en lui en se coupant de l'esprit du loup noir. Il lui avait fallu regagner le droit de partager son âme avec celle de l'animal et acquérir à nouveau le statut de chaman et d'alpha. Ce voyage astral guidé par Adam, le sage de la meute assassiné par Eirin des mois auparavant, puis par Jennah, celle qu'il avait aimée et qui était aussi la sœur d'Aldric, lui avait permis de se retrouver et d'être enfin serein avec son passé. Il était alors prêt à officialiser notre relation et à faire la paix avec le métamorphe lorsqu'Alistair et ses sbires nous avaient attaqués.

    Lors de leur assaut, Eirin avait grièvement blessé

Elissa, alors que celle-ci était enceinte. Choquée par son geste et aveuglée par ma peur pour ma sœur j'avais affronté mon aînée. Après sa trahison, ses mensonges, la mort d'Ariane et son alliance avec Alistair, je ne pouvais plus rester passive. Je l'avais donc changé en banshee afin qu'elle éprouve la souffrance de ceux qui étaient victimes de ses propres alliés. Elle s'était sauvée avant l'arrivée d'Alistair si bien que ce dernier ignorait tout de mon sortilège. Tandis que les démons se retiraient, j'avais eu la sensation que quelque chose se produisait au manoir et après m'être assurée qu'Elissa était entre de bonnes mains je m'étais précipitée vers notre demeure. Le manoir était ravagé par les flammes et j'eus à peine le temps de tenter d'éteindre l'incendie qu'Alistair m'avait assommé et capturé. Le temps passé au sein de son château ne fut que souffrance et chagrin. L'accalmie qu'il m'avait octroyée en laissant Greta panser mes blessures m'avait permis d'apprendre que le monde onirique était bien davantage encore puisqu'il n'était que l'un des niveaux composant le Sidhe soit le monde des esprits. Puis, j'avais à nouveau subi les privations et les coups. Alistair m'avait marquée dans ma chair en détruisant, à l'aide d'un tisonnier brûlant, ma marque de dreamcatcher. Lorsque Kaelan et les miens étaient parvenus à me secourir, j'eus du mal à réaliser que j'étais enfin libre et je ne parvenais pas à me servir de ma magie. Grâce aux soins de mes sœurs et d'Eowyn, mes plaies ont fini par cicatriser. À force de patience et d'amour et aidées par Aldric et la meute de Lycaon, elles parvinrent à me redonner confiance en ma magie et nous avons pu reformer le coven annihilant l'influence du chasseur sur moi.

Les défections d'Eirin et de Fergus des rangs d'Alistair achevèrent de retourner la situation au point que celui-ci déclencha le siège de Salem. Nous l'affrontâmes et malgré les nombreuses pertes humaines, nous réussîmes à le vaincre. J'avais dû mourir pour l'atteindre et nous pensions nous être enfin débarrassés de lui. Néanmoins, les révélations d'Eirin le jour de mon mariage avec Kaelan, avaient tout remis en question. Nous étions toujours en danger et nous nous retrouvions chargés de protéger Sybille dont la mère avait péri lors de l'attaque du village. Eirin nous avait révélé que l'enfant était une sorcière et qu'il fallait à tout prix la préserver.

Nous avions ensuite enchaîné les attaques de la part des sbires d'Alistair. Les démons ne nous laissaient aucun répit tant sur le plan réel qu'astral si bien que nous n'avancions pas dans nos recherches. Le temps qui passait était notre principal ennemi, car il permettait à Alistair de reprendre des forces et de peaufiner son plan. La voix de Kaelan me ramena à l'instant présent et me tira de mes sombres pensées.

— Enora, tu m'écoutes ? s'enquit mon compagnon.
— Hum ? Oui… euh… non, pas vraiment. Excuse-moi, j'étais ailleurs.
— Je le vois bien, répondit avec bienveillance celui qui fut mon mentor. Nous devrions rentrer au manoir, Sybille va s'inquiéter.

— Elle est avec Eléonor, Elissa et Enaël. Elle est en sécurité, répondis-je en esquissant un sourire à l'évocation de la petite fille.
— Tu ne veux pas rentrer ?
— Si, bien sûr, mais avant je veux terminer de protéger l'accès à la clairière. Il est hors de question de laisser la meute ainsi exposée. Nous aurions dû le faire bien avant.
— Enora, cela fait trois semaines que nous luttons sans répit contre les démons. Grâce à nous, Salem est en sécurité, de même que le manoir.
— Mais votre sanctuaire compte aussi. Vous êtes membres du coven et à ce titre je dois vous protéger, déclarai-je d'un ton sans appel.

Kaelan soupira et se résigna à me laisser avancer. Il se passa une main dans les cheveux. Il savait très bien que rien ne me ferait changer d'avis. Il s'empressa de me rejoindre alors que j'entrai dans la forêt. Il ne nous fallut que quelques instants pour atteindre la cascade où se dissimulait l'entrée vers leur sanctuaire. Autrefois, les démons s'éclipsaient directement à l'intérieur de celle-ci, mais depuis que nous avions installé des cristaux ils n'y avaient plus accès. Seule l'entrée était restée sans protection. Je m'agenouillai devant la rivière où plongeait la cascade puis sortis de ma besace les cristaux en quartz rose que je disposai devant moi à même l'humus. Je fermai les yeux puis ralentis ma respiration. Kaelan surveillait la zone le temps que je puisse effectuer le rituel en toute sécurité. Il ne me fallut que quelques minutes pour atteindre le calme nécessaire à la réalisation du sortilège de protection. Les séances d'entraînement auprès d'Aldric m'avaient permis de développer la méditation afin de canaliser pleinement ma magie en toute situation et dans un laps de temps plus court que pour une autre sorcière. J'ouvris enfin les yeux puis enfonçai une main dans la terre et apposai l'autre au-dessus des cristaux :

— J'en appelle à vous Esprits de la terre, de la mer, de l'air et du feu. Bénissez ces cristaux et accordez-leur le pouvoir de protéger ce lieu sacré, afin qu'aucun être maléfique ne puisse le fouler. Entendez la voix de votre humble servante et accordez-nous votre bienveillante protection. Qu'il en soit ainsi.

Je me tus tandis que le vent s'élevait et tournoyait autour de moi. La magie s'infiltra dans mes veines, courut jusqu'à mes bras et un halo de lumière enveloppa les cristaux. Lorsque la lumière s'éteignit, je sortis peu à peu de mon état de transe puis je me relevai afin de disperser les cristaux autour de la rivière et au creux même des rochers formant l'arche d'entrée de la clairière à l'aide de mon don de télékinésie. Ma tâche accomplie, je me relevai et époussetai ma robe rouge tout en me tournant vers Kaelan. Le regard de celui-ci m'enveloppa d'amour et de chaleur et je ne pus m'empêcher de sourire.

— Pourquoi me regardes-tu ainsi ?
— C'est que tu as fait tellement de chemin depuis notre première rencontre. La chenille s'est transformée en

un magnifique papillon, répondit-il en s'avançant vers moi et en me prenant dans ses bras.

— Espérons que je ne serai pas aussi éphémère que ces petits êtres ailés, plaisantai-je.

— Oh, je ne m'inquiète pas. Tu as neuf vies je te rappelle !

— Plus que huit, en fait, mais c'est déjà sept de plus que la majorité des gens !

— J'espère bien que tu n'auras plus besoin d'en sacrifier une seule, reprit Kaelan avec sérieux, laissant le loup affleurer dans ses prunelles.

— Doucement, grand loup ! Je plaisantai ! Je compte bien vivre longuement auprès de toi. Tu n'as pas fini de me supporter, le taquinai-je.

— C'est une menace ?

— Non, une promesse, murmurai-je avec sérieux.

Il me serra plus fort puis m'embrassa tendrement. Ce baiser acheva de dissiper mes dernières tensions. Nous avions effectué notre mission et j'avais enfin protégé les trois endroits stratégiques où nous vivions. Désormais, les démons ne pourraient que nous attaquer à découvert s'il le faisait dans la réalité. Nous rebroussâmes chemin pour nous rendre au manoir afin de retrouver mes sœurs et les enfants.

Lorsque nous arrivâmes au manoir, nous fûmes

accueillis par les rires de Sybille. Elle se tenait dans le salon avec Elissa, Enaël et Eléonor. Cette dernière avait enchanté des jouets en bois qu'elle faisait virevolter autour des enfants. Le fils d'Elissa à peine âgé d'un mois regardait le spectacle de ses grands yeux bleus, déjà bien éveillés, tandis que Sybille riait aux éclats. La petite fille aux boucles rousses ne cessait de m'impressionner. Si les premiers jours avaient été difficiles pour elle, nous l'avions peu à peu apprivoisée. Bien qu'Eirin lui manque cruellement, elle lui faisait confiance et avait la certitude qu'elle reviendrait la chercher. Kaelan se dirigea vers elle et déposa un baiser sur son front. Mon cœur se serra à la pensée que le chaman ferait un merveilleux père. De mon côté, j'étais bien loin d'être prête à l'idée de devenir mère un jour que ce soit en adoptant ou en concevant un enfant. J'admirai Elissa puis Eirin de s'être lancées dans une telle aventure. La première s'était unie à l'homme de sa vie et de leur union était né Enaël moitié sorcier et moitié chaman. Je percevais déjà le louveteau grandir en lui. La seconde n'avait pas réellement choisi d'adopter. Alistair avait assassiné Grace Warren, la mère biologique de Sybille lors de l'attaque de Salem. La petite fille, cachée dans une charrette de foin, avait attendu la fin des combats pour se réfugier auprès d'Eirin. Sans que personne ne sache pourquoi, l'enfant avait choisi la sorcière bannie comme protectrice. Eirin, bien que se trouvant désormais sur une voie indéterminée, ni celle du bien ni celle du mal, avait pourtant aimé inconditionnellement cette enfant au point de nous la confier pour assurer sa protection. Kaelan m'interpella et me sortit de ma torpeur. Je les rejoignis afin de profiter de chacun d'eux puis mes sœurs nous quittèrent quelque temps après. Après un repas frugal, Kaelan s'occupa de raconter une histoire à Sybille avant qu'elle ne s'endorme.

La journée touchait à sa fin et avait été mouvementée, si bien que je profitai du calme pour me prélasser dans un bon bain chaud. Mes muscles se dénouèrent et je laissai mes yeux se fermer. Mon esprit vagabonda. Tout en remontant le fil des derniers évènements, je ne pouvais m'ôter de l'esprit ce sentiment d'urgence qui me tiraillait. La menace grandissait dans l'ombre et j'étais incapable de l'identifier. Nous n'avions eu aucune nouvelle d'Eirin depuis Litha. Seules les attaques incessantes des démons nous rappelaient que notre victoire sur Alistair n'avait été qu'illusoire.

Le souvenir de Greta, la mère du chasseur, me revint et avec elle le souvenir des sévices infligés par Alistair. Je frémis malgré moi. Même si mes cicatrices avaient disparu à la suite de ma renaissance, celles ancrées dans mon âme se rappelaient régulièrement à moi. J'avais été incapable de me défendre face à lui. Privée de ma magie, je n'avais pu que garder le silence pour m'opposer à mon bourreau. Ce sentiment d'impuissance m'avait tant effrayée que je passai désormais mes journées à développer mes dons. Quand je n'étais pas avec Kaelan, Aldric s'occupait de m'entraîner. Lui ne retenait pas ses coups contrairement à mon compagnon qui culpabilisait encore de ce qu'Alistair m'avait fait endurer. Le métamorphe avait bien compris que j'avais besoin de devenir plus forte. J'étais leur matriarche, je devais me montrer à la hauteur de mes responsabilités. Et surtout, je voulais tout mettre en œuvre pour que plus personne ne subisse le fouet d'Alistair. Eléonor prenait soin de Sybille qu'elle voyait comme sa nièce. Depuis le revirement d'Eirin, ma jeune sœur gardait l'espoir de renouer un lien avec elle. Elle était la plus jeune d'entre nous et avait eu plus de difficulté à accepter la trahison de notre aînée et la mort de notre mère, Ariane. Notre nouvelle famille et l'officialisation de notre assemblée l'avaient rassérénée en lui offrant un cadre sûr.

 Mes autres sœurs, de leur côté, continuaient de construire leur vie tout en répondant présentes dès que je lançai l'appel. Lors de la cérémonie de création du coven, je nous avais toutes reliées par une marque qu'il me suffisait d'activer pour lancer l'appel et réunir l'ensemble de notre assemblée. Cette solution nous permettait de vivre librement nos vies sans être constamment les unes sur les autres. Eowyn s'épanouissait dans sa chaumière au cœur de la forêt, Elissa filait le parfait amour avec Lyam et leur fils, Eilin qui vivait toujours au manoir, faisait la navette entre celui-ci et la librairie reprise par Aldric. Les deux tourtereaux prenaient leur temps, mais je sentais leurs sentiments croître avec vigueur chaque jour un peu plus. Eléonor vivait toujours avec Elissa pour l'aider au quotidien, mais elle passait de plus en plus temps au manoir depuis l'arrivée de Sybille. L'enfant l'avait apaisée et avait fait d'elle autre chose que la plus jeune sorcière de notre clan.

 L'eau du bain qui se rafraîchissait me tira de ma torpeur. Je sortis prudemment puis m'entourai dans une longue serviette pour m'éponger avant de revêtir ma robe de nuit et de me tresser les cheveux. Je m'apprêtai à rejoindre Kaelan quand des cris étouffés m'arrêtèrent. Ils provenaient de la chambre de Sybille qui jouxtait la nôtre. Je n'étais pas surprise. Depuis son arrivée, elle faisait constamment des cauchemars. Elle n'en montrait rien la journée, mais je savais que le traumatisme des derniers évènements lui était difficile à surmonter. Sans attendre, je me précipitai à son chevet. La petite fille dormait, mais son sommeil était agité. Je m'installai à côté d'elle, puis posai la main sur son front pour entrer dans son esprit. Fermant les yeux, je remontai les fils de ses rêves. Plusieurs images se succédaient.

    Elle revivait la mort de sa mère, puis le départ d'Eirin. J'entrepris de démêler ses souvenirs pour ne laisser émerger que les bons moments. Je la sentis s'apaiser et elle cessa de gigoter dans son sommeil. Je revins à moi et l'observai encore un peu puis je remontai sa couverture et déposai un baiser sur son front. Alors que je me relevai, je remarquai que sa poupée était tombée au sol. Je me penchai pour la ramasser et la lui poser près d'elle, quand une main s'agrippa à mon bras. Interdite, je relevai les yeux sur Sybille qui semblait me fixer sans me voir. Ses yeux habituellement mordorés étaient entièrement noirs. Elle ouvrit la bouche et parla d'une voix étrange :

— *Le vol des corbeaux annonce le retour du démon. Détruisez celui qui corrompt où il détruira votre monde.*

La Dreamcatcher devra unir les communautés ou périr. Le jugement des morts est inaltérable.

Elle se tut puis ses yeux se fermèrent et sa main retomba mollement sur le matelas. Toujours surprise, je déposai la poupée puis sortis discrètement de la chambre. Je lançai un regard vers Kaelan toujours profondément endormi et je renonçai à le réveiller. Je me dirigeai alors vers mon bureau ou j'entrepris de consigner à l'encre les mots de Sybille. Ma tâche accomplie, je m'adossai contre le dossier de mon fauteuil. Nous savions que la jeune fille était une sorcière. Mais jusqu'à présent jamais son pouvoir ne s'était manifesté. La phrase d'Eirin me revint et prit enfin tout son sens dans mon esprit. L'enfant était la clé, il ne fallait pas qu'Alistair s'empare d'elle. Était-il seulement au courant de son existence ? Savait-il seulement ce qu'il avait déclenché en détruisant l'équilibre du Sidhe et en s'attaquant à présent à notre monde ? J'inspirai profondément. Il fallait que j'effectue des recherches afin d'être certaine de ne pas faire fausse route. Le don de Sybille ressemblait beaucoup à celui d'Eléonor. Pourtant elle n'était pas un oracle, sinon ma sœur l'aurait perçu. Il s'agissait d'une magie plus ancienne, plus rare et plus dangereuse si elle tombait entre de mauvaises mains. Eirin le savait-elle ? Était-ce pour cela qu'elle me l'avait confiée ? Les paroles de l'enfant faisaient référence aux corbeaux. Il était évident que cela avait un lien avec notre ancienne sœur. Si seulement j'en savais plus sur son passé… Si elle s'était confiée à nous... Mais l'heure n'était pas aux regrets. Nous avions enfin un point de départ pour reprendre nos recherches. Je me saisis du grimoire des Dreamcatcher au sein duquel j'avais ajouté deux pages sur le don de métamorphoses que j'avais pu acquérir via mon don de projection. Je tournai les feuilles jusqu'à trouver la section qui m'intéressait : les chamans.

Je passai rapidement les passages concernant la définition des chamans et le fait qu'ils étaient des humains partageant leur âme avec un animal en particulier qui leur conférait une longévité et un savoir hors du commun. Puis je lus rapidement les lignes décrivant les porteurs du totem du loup, du cerf et de l'aigle, pour arriver à ceux ayant pour emblème le corbeau. Chaque clan de chamans possédait une fonction particulière : les loups étaient les gardiens de la frontière entre le Sidhe et le monde réel, les cerfs veillaient sur les créatures magiques des forêts et les aigles sur les créatures ailées et marines. Quant aux corbeaux, leur statut était plus obscur. Ils avaient mauvaise réputation en raison de leur fonction de messager de la mort. Certains les considéraient comme étant les exécuteurs de la faucheuse elle-même là ou d'autres les voyaient, au contraire, comme les annonciateurs de sa venue. Leur faculté de se transformer en corbeau faisait d'eux les rares créatures capables de communiquer avec les esprits dans le monde réel. Ils vivaient en communauté à l'instar des autres clans, mais étaient craints par les humains. Eirin était la seule descendante de ce clan décimé par des sorciers. Fille d'une sorcière et d'un chaman, elle était métisse et portait en elle l'héritage de sa lignée. Il était évident qu'elle avait encore son rôle à jouer, notamment en raison de la relation qu'elle avait entretenue avec

Alistair. J'étais certaine qu'elle ne m'avait pas tout dit. Le chasseur était-il au courant de la véritable identité d'Eirin ?

Le doute me frappa soudain. Je me détournai du grimoire pour me diriger vers les carnets d'Ariane. Il y avait forcément des informations sur les commanditaires du massacre de ce clan. Les autres chamans n'avaient pas été touchés. C'était spécifiquement ce clan qui fut visé. Par qui et pourquoi ? Si nous trouvions ces réponses, cela nous donnerait probablement un nouveau point de vue sur notre situation actuelle. Alistair était de la même génération qu'Ariane, soit bien avant la nôtre. Il était humain au moment des faits, mais le massacre de tout un peuple n'avait pas dû passer inaperçu même aux yeux des mortels. Je feuilletai tous les carnets tout en prenant des notes sur les éléments qui me semblaient essentiels. Épuisée, je sentis mes yeux papillonner et ma vue se brouiller. N'ayant pas le courage de me lever pour me rendre dans notre lit, je laissai ma magie prendre le dessus et pris ma forme de chatte pour me rouler en boule sur le fauteuil et sombrer dans le sommeil.

Chapitre II

Juillet 1692, Enora

Le lendemain matin, toujours sous ma forme féline, j'ouvris les yeux et observai mon environnement avec avidité. Les sens du chat étant nettement plus aiguisés que ceux de l'humain, j'en profitai pour m'imprégner des odeurs qui me parvenaient et des sensations que j'éprouvais. Au bout de quelques minutes, je me redressai et m'étirai paresseusement avant de sauter sur le sol pour rejoindre Kaelan dans notre lit. Joueuse, je bondis sur les draps et m'assis tranquillement sur l'oreiller. Le chaman, se sentant observé, ouvrit un œil puis le referma en esquissant un sourire.

— N'as-tu pas peur de te faire dévorer par le loup, petit chat ? murmura-t-il en ouvrant ensuite les deux yeux.

Je l'observai un moment puis je fis appel à ma magie pour recouvrir ma forme humaine. Je me penchai sur lui pour déposer un baiser sur ses lèvres, mais avant que je ne puisse me relever il me retint et me fit basculer sur le dos avant de m'embrasser fiévreusement. Oubliant momentanément ce qui s'était passé cette nuit ainsi que mes recherches, je lâchai prise et profitai de cet instant de tendresse dans les bras de mon compagnon. Rassasiés l'un de l'autre, nous nous levâmes ensuite pour nous laver et nous habiller avant de descendre. Kaelan se chargeait de préparer le petit-déjeuner tandis que je m'occupais de réveiller Sybille et de la préparer.

La petite fille m'attendait avec un sourire aux lèvres. Elle me tendit les bras et je lui rendis sans hésiter sa marque d'affection.

— Tu as bien dormi ? soufflai-je en me redressant.
— Non, j'ai fait un cauchemar avec le méchant sorcier qui a tué maman. Mais grâce à toi après, j'ai fait un beau rêve avec mes deux mamans, répondit l'enfant avec innocence.
— Comment sais-tu que je suis intervenue ? m'étonnai-je.
— J'ai senti ta présence dans mes rêves, répondit simplement Sybille.
— Tu ne te souviens de rien d'autre ? demandai-je après quelques minutes d'hésitation.

Sybille fronça les sourcils et un pli de concentration barra son front tandis qu'elle réfléchissait.

— Non c'est tout, déclara-t-elle finalement en attrapant sa poupée.

— Bien, allons te préparer, Kaelan nous attend pour le petit-déjeuner.
— Enora, m'arrêta l'enfant soudain mal à l'aise.
— Oui ?
— Est-ce que maman Eirin reviendra bientôt ? Je suis bien avec vous, mais elle me manque…
— Je sais ma puce, c'est tout à fait normal. Je suis certaine que nous la verrons bientôt, répondis-je en la serrant contre moi.

Nous nous levâmes puis je l'aidai à se déshabiller et à passer ses bas avant de revêtir une tunique surmontée d'une chemise blanche et d'une jupe verte. Elle attrapa ses souliers tandis que je préparais sa brosse à cheveux. Elle s'installa à la coiffeuse et me laissa brosser ses boucles soyeuses avant de lui nettoyer délicatement le visage avec de l'eau tiède. Ces petits moments de complicité nous appartenaient. Nous n'avions pas besoin de meubler le silence. Malgré son jeune âge, Sybille avait un regard avisé sur son environnement. Elle nous faisait confiance et je devais bien admettre que je m'étais attachée à elle. Une fois prêtes, nous descendîmes à la cuisine où Kaelan nous attendait avec des brioches encore chaudes et des tisanes fruitées. Nous profitâmes de ce petit-déjeuner dans l'intimité comme si nous étions une famille normale et non les cibles du plus grand chasseur de créatures magiques du continent.

Après avoir savouré ces instants de paix, je confiai Sybille aux bons soins de Kaelan pour me rendre auprès d'Aldric pour ma séance d'entraînement matinale. J'avais besoin de l'avis du métamorphe concernant mes recherches et découvertes nocturnes. Lorsque j'aurai rassemblé toutes les informations nécessaires, je prévoyais de convoquer le coven pour une assemblée afin de partager, avec chacun des membres, mes découvertes. Aldric m'attendait comme toujours, au sein du cromlech de Danann devenu notre lieu d'entraînement privilégié grâce à sa position éloignée du village et à la protection qu'il offrait. Le métamorphe était déjà installé en tailleur sur un tapis circulaire. Il me salua d'un signe de tête tandis que je m'installai face à lui après avoir déroulé le tapis posé à mon intention. Nous restâmes un moment silencieux, plongés dans un état de méditation visant à rééquilibrer nos auras. Lorsque notre objectif fut atteint, Aldric étira sa nuque pour dénouer ses muscles avant de s'adresser enfin à moi.

— Alors, quelles sont les nouvelles ?
— Pourquoi dis-tu ça ? m'étonnai-je.
— Malgré tes efforts pour aligner ton aura, elle scintille de mille feux, signe que tu as fait une découverte qui te préoccupe, expliqua-t-il en souriant.
— Oui, je crois que j'ai enfin une piste, soupirai-je en lui rendant son sourire.
— Je t'écoute, répondit le métamorphe en allongeant ses jambes pour se mettre à l'aise.

— D'abord, le pouvoir de Sybille s'est enfin manifesté, mais avant que je ne te dévoile de quel don il s'agit, je veux partager avec toi la découverte que cela m'a amenée à faire.

— C'est un peu confus, remarqua Aldric en fronçant les sourcils.

— Laisse-moi finir, protestai-je. Bon, nous savons qu'Eirin est une métisse, moitié sorcière et moitié chamane. Ses parents étaient issus du clan de chamans porteur du totem du corbeau.

— Quel est le rapport avec Sybille ? s'impatienta le lynx.

— Je vais y venir, le tempérai-je. Nous savons que ce clan était mal vu à cause de son animal totem. Le corbeau est considéré comme source de malheur et porteur de mauvais présage. Pourtant, en approfondissant mes recherches, j'ai découvert que leur pouvoir résidait dans le fait d'être capable de communiquer avec les esprits des défunts. Ils étaient les seuls à être en mesure d'apaiser un esprit mort de façon brutale, par exemple.

— En effet, certains métamorphes ont demandé l'aide des chamans du corbeau pour permettre à l'esprit de leurs proches d'accéder à la paix, réfléchit Aldric. Tu veux dire qu'ils ont été assassinés à cause de leur don ?

— Je n'en suis pas sûre, mais si l'on regarde ce qui se passe aujourd'hui : Alistair, le monde des esprits. Qui aurait eu intérêt à faire disparaître les seuls êtres possédant la capacité de communiquer avec les esprits et de les faire passer dans l'autre monde ? Après tout, Alistair souhaite détruire la frontière entre le Sidhe et notre réalité. En empêchant les esprits de passer de l'autre côté, il crée un déséquilibre pouvant causer la destruction du voile.

— Il y a deux failles dans ton raisonnement, poursuivit Aldric. D'abord, Alistair était humain au moment de la destruction du clan des corbeaux et, ensuite, nous n'avons jamais su qui en était responsable.

— D'après ses carnets, Ariane soupçonnait le coven noir d'être l'auteur du massacre des chamans, révélai-je enfin. On sait ce qu'il est advenu de cette assemblée lors de la vengeance d'Alistair. Et si, en les tuant, il avait non seulement acquis leur pouvoir, mais aussi leur savoir ? Il cherchait un moyen de faire revenir ses parents à la vie. En découvrant le secret du meurtre du clan d'Eirin, cela a dû être le déclencheur de son plan.

— Alors son rapprochement avec Eirin… reprit le métamorphe.

— Était tout sauf désintéressé, complétai-je. Eirin est l'héritière de son clan disparu, et elle est une sorcière. Il devait compter sur elle pour dominer les esprits et les convaincre d'agir sous ses ordres.

— Crois-tu qu'elle soit au courant ?

— Je n'en suis pas certaine. Je compte bien essayer de la contacter, mais avant il faut réunir le coven pour les informer de mes découvertes.

— En quoi cela va-t-il nous aider ?

— N'est-ce pas évident ? Si nos soupçons sont justes, cela signifie qu'Eirin est la seule à pouvoir faire passer les esprits dans le Sidhe et donc réparer le déséquilibre avant qu'il ne soit trop tard.

— Tu oublies les frontières entre les niveaux à l'intérieur même du Sidhe, reprit Aldric.
— Non, j'y pense. Mais si Eirin accepte de prendre le rôle qui est le sien alors nous gagnerons un peu de temps pour nous occuper du Sidhe tout en protégeant notre monde.
— C'est une bonne idée, approuva enfin le métamorphe. Mais quel est le rapport avec Sybille ?
— C'est son don qui m'a mis sur la piste du clan des corbeaux.
— De quelle manière ?
— Je vous dirais tout lors de l'assemblée du coven. Je voulais d'abord éclaircir mes recherches avec toi pour être certaine d'aller dans la bonne direction.
— Pourquoi ne pas en avoir parlé avec Kaelan ?
— Je pense que la meute de Lycaon est la prochaine cible d'Alistair. Si les corbeaux ont été détruits en raison de leur magie, les loups sont probablement les suivants pour leur capacité à accéder au Sidhe, ils en sont les gardiens.
— Pourquoi aurait-il attendu si longtemps pour les attaquer ?
— Kaelan ignorait la vérité cachée derrière le monde onirique. Son ignorance les a protégés en les tenant éloignés des profondeurs du Sidhe. Ils ne sont plus très nombreux, mais appartiennent à notre coven désormais, cela les rend plus difficiles à atteindre.

Nous restâmes encore un moment à échanger nos réflexions puis nous nous séparâmes. Il se chargea d'aller avertir la meute et mes sœurs de la prochaine assemblée. En attendant leur arrivée, je restai seule dans le cromlech. Je fis le tour du cercle en détaillant chaque menhir composant le monument. Les pierres étaient lisses et froides. Au nombre de six, elles s'élevaient dans les airs faisant le lien entre la terre et le ciel. Suivant mon instinct j'apposai ma main sur l'une d'entre elles puis je fermai les yeux. Le vent se leva et tourbillonna autour de moi. La magie afflua du sol, remontant de mes pieds à ma tête et se dirigea vers le bout de mes doigts. Lorsque j'ouvris les yeux, je constatai avec surprise qu'un signe s'était révélé dans la pierre. Un loup. Je posai mes yeux sur les autres menhirs et m'empressai de réitérer l'expérience. Les signes représentant le corbeau, le cerf et l'aigle apparurent, suivis du signe du dreamcatcher et d'un dernier qui ne fit que confirmer mes soupçons concernant Sybille et sa magie. La triquetra, symbole encré dans la chair de Grace Warren. Ce signe semblait représenter cette lignée de sorcière qui n'appartenait à aucun coven. Sybille avait hérité son don de sa mère. Celle-ci avait dû savoir ce qui se déroulerait lors de sa rencontre avec Alistair. Elle s'était sacrifiée pour protéger sa fille. Les larmes brouillèrent ma vue. Seule une mère pouvait ainsi faire passer la sécurité de son enfant avant ses envies personnelles. Eirin avait agi de la même manière en nous la confiant malgré son attachement manifeste à l'enfant.

    Je me dirigeai vers le centre du cromlech où l'autel de pierre s'élevait puis j'embrassai du regard chacun des symboles. Ariane n'avait pas choisi le nom de notre coven par hasard. Et si la clé résidait dans le secret de Danann ?

Elle avait créé le Sidhe et notre monde, veillant à ce que l'équilibre soit maintenu. L'association des chamans, du dreamcatcher et d'une sorcière issue de la lignée des Warren semblait être la clé pour protéger l'œuvre de la Déesse. Les mots de Sybille me revinrent :

« Le vol des corbeaux annonce le retour du démon. Détruisez celui qui corrompt où il détruira votre monde. La Dreamcatcher devra unir les communautés ou périr. Le jugement des morts est inaltérable. »

Je devais unir les communautés surnaturelles soit, les corbeaux, les loups, les cerfs et les aigles pour former le cercle d'origine. Sybille, bien qu'étant encore une enfant, possédait déjà le don de sa lignée. Ensemble, nous devrions pouvoir vaincre Alistair et rétablir l'équilibre, mais où trouver un chaman porteur du totem du cerf et de l'aigle ? Et Eirin accepterait-elle seulement de nous épauler lorsqu'elle connaîtrait la vérité sur la mort de son clan ? Le vent se leva de nouveau et s'engouffra dans le cromlech pour porter vers moi une voix que je n'avais pas entendue depuis bien longtemps :
— *Lance l'appel…*
— Enya ? C'est toi ?
— *Lance l'appel, ma petite dreamcatcher, tu es la source du lien, il te suffit de l'activer.*
— Comment ? demandai-je perdue.

Aucune réponse ne me parvint, mais le symbole du dreamcatcher s'éclaira sur le menhir. Me laissant porter par ma magie, je fis apparaître une dague et m'entaillai la paume de la main. Je m'approchai du menhir et apposai ma main ensanglantée sur mon symbole. La pierre sembla frémir à ce contact et s'imprégna de mon sang. Je retirai ma main alors que le symbole était gorgé du liquide vermeil puis observai les autres menhirs. Un faisceau de lumière pourpre se détacha du menhir me représentant pour frapper celui qui se trouvait à côté. Le phénomène se répercuta jusqu'à revenir au premier menhir formant un cercle de sang. La marque dans mon dos chauffa sans me causer de douleur puis au bout de quelques instants le cercle fut dissous et mon symbole cessa de pulser. J'avisai ma blessure que je soignai rapidement en faisant apparaître de l'eau et un bandage puis fit disparaître le tout tandis que je sentais approcher dans mon dos mon coven.

Je me retournai et esquissai un sourire en avisant Lyam, Elissa et leur fils entrer les premiers dans le cromlech, suivis de Tessa, Aloys et Nissa. Puis ce furent Eowyn, Eilin et Aldric qui arrivèrent, accompagnés d'Eléonor. Enfin, Kaelan et Sybille complétèrent notre assemblée. Je fis apparaître des tapis supplémentaires et chacun s'installa de l'autre côté de l'autel tandis que je les rejoignais. Je commençai par leur résumer mes découvertes et recherches nocturnes comme je l'avais fait avec Aldric, avant de leur indiquer d'observer le cromlech. Lorsqu'ils avisèrent les symboles, tous restèrent abasourdis, même Kaelan. Nissa se leva et s'approcha du symbole du loup qu'elle caressa lentement.

— Alors nous étions destinés à nous rencontrer ? Notre meute, le coven, c'était écrit, réfléchit-elle.
— Peut-être pas nous directement, intervint Eowyn, mais plutôt ce que nous représentons. Si la légende dit vrai, ce serait la déesse elle-même qui aurait créé ce cromlech. Étant donné que son objectif était de préserver les mondes et leurs habitants, cela paraît logique qu'elle ait laissé une indication désignant les protecteurs des deux sphères.
— En effet, il y a toujours eu au moins un représentant de chaque espèce à chaque génération, ainsi l'équilibre était assuré, confirma Kaelan.
— Mais il est aujourd'hui affaibli étant donné qu'il ne reste plus qu'une représentante du clan des corbeaux, souligna Eléonor.
— Ainsi qu'une de la lignée des Warren, complétai-je en regardant Sybille qui nous écoutait sagement.

Je lui fis signe d'approcher, elle s'assit près de moi en me donnant la main.

— Ma chérie, sais-tu que ta maman était une sorcière ? demandai-je doucement.
— Oui, elle me racontait des histoires le soir où elle parlait de notre famille et de notre magie.
— Sais-tu que toi aussi tu as un don ?
— Je crois, murmura-t-elle en se concentrant. Mais maman m'a dit que je ne pourrai utiliser ma magie que quand je serai grande.

Je relevai les yeux vers le coven. Tous nous observaient

avec attention pressentant que ce moment était important. Mes sœurs regardaient Sybille avec bienveillance tandis que les chamans et Aldric tentaient de deviner la suite.

— Sybille, sais-tu quel est ton don ? repris-je doucement pour ne pas l'effrayer.
— Je ne me rappelle pas, se désola l'enfant penaude.
— Tu es ce qu'on appelle une prophétesse, révélai-je enfin.
— Qu'est-ce que c'est ? demanda-t-elle perplexe.
— C'est un don très rare qui te permet de créer des prophéties. Grâce aux visions que tu reçois de l'avenir ou du passé comme Eléonor, tu peux tisser des prophéties qui se réaliseront, expliquai-je patiemment.

Sybille se tut et assimila tant bien que mal ces informations. Je reportai mon attention sur le coven. Tous restèrent interdits. Ce fut Elissa qui brisa le silence quelques minutes après.

— Tu en es sûre ?
— Sybille a émis une prophétie la nuit dernière. Elle est trop petite pour en avoir conscience. Quand elle sera grande, elle saura reconnaître les signes de la transe, mais pour l'instant son don ne s'éveille que lorsque son inconscient prend le dessus à savoir quand elle dort, expliquai-je.
— Quelle est la différence entre un oracle et une prophétesse, s'enquit Nissa.

— Un oracle a des visions, mais il n'influence pas le destin, répondit Eléonor. Une prophétesse élabore des prophéties en fonction de son interprétation de ses visions. Et celles-ci se réalisent.
— Alors, elle peut influencer le cours des choses, comprit Nissa.
— Nous devons à tout prix la protéger de l'influence d'Alistair ! reprit vivement Eowyn.
— C'est ce que nous faisons comme nous l'avons promis à Eirin, la rassurai-je. Je ne pense pas qu'Alistair connaisse son existence. En revanche, il savait pour les corbeaux et leur magie.

Je leur expliquai ensuite ce qu'il s'était produit avant leur arrivée et l'appel que j'avais lancé. Kaelan resta silencieux, réfléchissant à ce que cela impliquait. En tant que chef de son clan, il avait senti l'appel sans comprendre ce qu'il signifiait. Eirin étant la dernière représentante de sa lignée devait sûrement l'avoir perçu, elle aussi. Les deux autres clans ne tarderaient probablement pas à se manifester, mais leur éloignement géographique nous laissait quelques jours pour nous préparer à leur arrivée. Il me demanda alors quelle était la prophétie émise par Sybille. Je leur transmis puis nous mîmes un terme à notre assemblée. Les chamans rentrèrent à la clairière avec Aldric et Eilin, Eléonor rentra au manoir avec nous. Elle se sentait liée depuis le début à Sybille et la découverte de son pouvoir renforçait son envie de protéger et de guider l'enfant. Avoir une oracle et une prophétesse dans nos rangs, nous apportait un atout considérable. Avec l'aide d'Eléonor, Sybille pourrait affiner sa perception des visions et élaborer des prophéties qui ne représenteraient pas un danger tant pour les créatures magiques que pour les humains.

Une telle concentration de pouvoir m'inquiétait. Cela attirerait forcément l'attention d'Alistair. Qu'était-il devenu après sa mort ? Comment avait-il fait pour tourner la situation à son avantage ? Lorsque l'on mourait, notre esprit se rendait dans les limbes en attendant d'être envoyé dans le niveau correspondant à nos actions. En un sens, le tuer lui avait juste permis de revenir dans le Sidhe et d'en ressortir plus puissant. Mais en tant que mort, il n'avait plus accès au monde réel à moins de rompre l'équilibre. Désormais devenu un esprit il touchait du doigt l'immortalité. Je ne pouvais pas tuer un mort alors comment pouvais-je mettre fin à sa croisade maléfique ? Je sentais que les réponses n'étaient pas loin, mais je ne parvenais pas encore à en saisir tous les rouages. Je rejoignis Kaelan pour lui faire part de mes inquiétudes.

Chapitre III

Juillet 1692, Enora

Je remontai sereinement le sentier menant au manoir. Pour une fois, je m'autorisai à marcher et non à utiliser la magie pour me déplacer. Nous n'avions pas subi d'attaques depuis la veille et j'avais besoin de respirer. La journée était déjà bien avancée entre le petit-déjeuner auprès de Kaelan et Sybille, puis l'entraînement avec Aldric qui avait tourné à la concertation avant l'assemblée du coven. Le fait d'avoir enfin une piste me rassurait. Après plusieurs semaines à tourner en rond, nous avancions, et cela, grâce à Sybille. Malgré elle, elle nous avait permis de faire un grand pas et surtout d'explorer une piste à laquelle nous n'avions pas pensé jusqu'à présent. Je me demandai si l'appel que j'avais lancé avait fonctionné. D'après Kaelan, c'était le cas, tout au moins sur lui du fait de notre proximité, mais Eirin l'avait-elle sentie ? Et les deux autres clans ? Je fis le tour du manoir avant de rentrer dans la demeure, observant le jardin fleuri dont les plantes aromatiques embaumaient délicatement dès que l'on s'y approchait. Le bassin d'eau entouré de la margelle me rappela nos soirées entre sœurs du temps où le coven était encore sous l'autorité d'Ariane. Malgré les manipulations d'Eirin, j'avais envie de croire que nos souvenirs et nos moments de complicité n'avaient pas été feints. Je soupirai. Je ne devais pas me laisser sombrer dans un passé marqué par la duplicité. Eowyn, Elissa, Eilin et Eléonor m'avaient présenté leurs excuses. Persuadées d'agir pour le bien, elles n'avaient pas su décrypter le véritable danger. Ariane elle-même avait reconnu s'être fourvoyée, et cela lui avait coûté la vie.

Le destin avait une vision ironique des choses. Si j'avais d'abord été captive à mon insu du coven de Danann, j'en étais aujourd'hui devenue la matriarche ! Je me sentais à peine sorcière à cette époque tant j'ignorai ce qu'impliquait mon statut de dreamcatcher. Mes pensées m'amenèrent à Sybille. Nous nous étions attachées à elle, mais Eirin comptait bien la reprendre dès que les choses seraient stabilisées. Elle nous l'avait confiée pour la protéger d'Alistair à cause de son don. En attendant son retour, peut-être pourrions-nous commencer son apprentissage de la magie ? Il n'était pas question qu'elle soit uniquement considérée en tant que prophétesse comme je l'avais été en tant que dreamcatcher. Elle était avant tout une sorcière et les rudiments de la magie blanche lui seraient nécessaires.

Forte de cette conviction, je me dirigeai vers l'arrière du manoir où j'entrai par la véranda qui donnait sur le grand salon. Je me déchaussai et après m'être rendu dans la cuisine pour me servir un verre d'eau, je montai l'escalier pour me rendre dans la chambre où Sybille avait élu domicile depuis son arrivée. Je la trouvai en compagnie de Kaelan en train de jouer avec des petites figurines en bois. En me voyant, elle se précipita vers moi et me tendit ses jouets.

— Enora, regarde ce que Kaelan m'a offert ! s'écria-t-elle ravie.
— Fais-moi voir ça, fis-je, en me saisissant de l'objet.
— C'est un chat comme toi ! s'exclama-t-elle. Et même que j'ai eu un nouveau loup et un lynx !
— Tu es bien gâtée dis-moi, répondis-je, touchée par sa joie et son insouciance.
— Oui Kaelan est trop gentil ! Tu veux que je te dise un secret ? murmura-t-elle en prenant un air de conspiratrice.
— Je t'écoute, dis-je sur le même ton.
— Mes préférés ce sont le corbeau et le chat, mais ne le dis pas à Kaelan il sera triste que ce ne soit pas le loup même si je les aime beaucoup !
— Pourquoi ce sont tes préférés ?
— Ben parce que c'est maman Eirin et toi ! Vous m'avez toutes les deux sauvée du grand méchant. Tu crois qu'il va revenir ? ajoute-t-elle avec hésitation.
— Je te promets que nous te protégerons toujours, tu es en sécurité auprès de nous.
— Et puis tu as ton armée de loup pour te soutenir, intervint Kaelan en nous rejoignant.

— Oui c'est vrai que les loups sont très forts, réfléchit-elle. Moi aussi je pourrai me transformer en animal quand je serai grande ?

Surprise, je regardai Kaelan qui haussa les épaules en souriant.

— Peut-être, il faudra demander à Aldric, éludai-je. Mais dis-moi : cela te plairait d'apprendre la magie ? repris-je.
— Oh oui ! Tu crois que je peux ?
— Bien sûr, tu es une sorcière après tout, nous pourrons commencer dès demain lorsque j'aurai vu mes sœurs pour te faire un petit programme.
— Oui !

Elle me sauta au cou et déposa deux baisers sonores sur mes joues avant de retourner jouer. Nous avions redescendu du grenier les jouets d'enfant d'Eléonor, dont une réplique du manoir en guise d'une maison de poupée, un cheval à bascule ainsi qu'un coffre contenant diverses tenues d'enfant. Bien qu'elle n'ait que sept ans, les robes d'Eléonor, qui avait toujours été menue, lui seyaient parfaitement et pour les autres vêtements, Elissa s'était donné pour mission de les ajuster au mieux à Sybille. Kaelan et Lyam lui avaient fabriqué plusieurs figurines animales en bois, peintes de différentes couleurs et la petite ne les avait plus quittées depuis. Elle gardait précautionneusement la poupée de chiffon dans son lit, dernier souvenir de sa mère biologique. Le reste de leurs affaires ayant brûlé lors de l'incendie du village. Au fond de moi, j'espérai qu'Eirin nous accorderait une place dans la vie de Sybille si nous survivions à Alistair. Nos relations n'étaient plus aussi tendues qu'auparavant, toutefois nous n'étions pas non plus proches pour autant. Je ne m'étais pas rendu compte que je m'étais à nouveau perdue dans mes pensées. Kaelan me caressa doucement le visage, me ramenant à la réalité.

— Eh bien, te voilà encore bien songeuse ! Je vais finir par croire que depuis que tu es devenue matriarche tu as perdu ta langue, me taquina le chaman.
— Excuse-moi, c'est vrai que je suis un peu ailleurs ces dernières semaines. J'avais tellement envie de croire qu'Alistair ne nous causerait plus d'ennuis. Et découvrir que je n'avais fait que jouer son jeu me rend malade. J'ai l'impression que peu importe mes progrès ou mes efforts, il a toujours un coup d'avance sur moi.
— Tu n'es pas seule, me rappela mon compagnon. Nous sommes là pour t'aider, ne t'enferme pas sur toi-même.
— Je sais, j'ai vu ce que cela avait donné la dernière fois, murmurai-je en songeant à la prémonition que j'avais tardé à révéler à mes sœurs.
— Nous devrions peut-être refaire la peinture de cette chambre, déclara Kaelan en changeant de sujet.
— Pardon ?
— Oui, une couleur plus claire, peut-être, serait plus adaptée pour une chambre d'enfant, poursuivit-il sérieusement.

Je ne parvins pas à me retenir de rire tant ses propos étaient incongrus. Piqué par ma réaction, il se renfrogna.

— Je ne vois pas ce que j'ai dit de drôle !
— Non, mais nous sommes passés d'Alistair et de la probable fin du monde à refaire la décoration des chambres ! m'exclamai-je en m'essuyant les yeux.
— Il faudra bien y penser. Même si Eirin récupère Sybille, cette chambre sera idéale pour nos enfants. Lorsqu'Eilin s'installera avec Aldric, nous aurons de quoi faire deux chambres supplémentaires dans son appartement et nous garderons celle d'Eléonor pour elle ou en tant que chambre d'accueil pour les membres de la famille, notamment si Sybille revient nous rendre visite.

L'entendre énoncer si clairement ses projets d'avenir me figea. S'apercevant de mon trouble, il s'arrêta.

— J'ai dit quelque chose de mal ? s'enquit-il.
— Non, non, c'est seulement que je n'ai pas réfléchi à tout ça. Nous n'en avions jamais réellement parlé jusqu'à présent. Tu as envie d'avoir des enfants ?
— Oui, répondit-il avec détermination. En tant qu'alpha du clan de Lycaon, ce serait mon devoir. En tant que ton époux c'est surtout mon désir de fonder une famille avec toi. Après tout, Lyam et Elissa ont déjà assuré la relève de notre clan avec Enaël. Alors je ne suis pas obligé de devenir père. Mais je dois admettre que, si

autrefois, je m'étais contenté de jouer les oncles, aujourd'hui c'est différent. Depuis que je t'ai rencontrée, tout est différent.

— C'est que, je ne me sens pas prête à devenir mère, murmurai-je craignant de le blesser. Je commence à peine à m'habituer à être matriarche. Et si nous avons un enfant, comment sera-t-il ? Entre nos combinaisons de pouvoir, ton héritage lupin et le mien… Sera-t-il un dreamcatcher ? Un garou moitié loup, moitié chat ? Quelle magie sera dominante chez lui et saurai-je l'élever et le protéger ?

— Doucement, doucement ! m'arrêta Kaelan en me prenant dans ses bras. Tout d'abord, oui, je veux fonder une famille, mais pas dans la minute. Nous avons toute la vie devant nous pour remplir les chambres de ce manoir ! Ensuite, Lyam et Elissa nous ont prouvé qu'une union entre un loup et une sorcière est possible. Enfin, nous aviserons lorsque nous serons face à la situation. Sache qu'une chose est certaine : nous serons là pour guider notre enfant tout au long de sa vie, peu importe les obstacles à surmonter. Et tu seras une excellente maman, cela ne fait aucun doute. Tu es douce et aimante, tu veilles sur chacun des membres de notre assemblée comme si nous étions une famille.

— C'est ce que nous sommes, protestai-je.

— C'est bien ce que je dis. Ceux qui entrent dans ton cercle entrent aussi dans ton cœur et à partir de là tu donnes tout pour eux.

Émue, je me blottis dans ses bras. Je me laissai aller contre lui savourant la chaleur de son corps. Ses mots m'avaient touchée plus que je ne l'aurais cru. Nous n'avions jamais réellement partagé notre vision de l'avenir. Mais celle que nous venions d'entrevoir me plaisait beaucoup. Mes yeux se posèrent sur Sybille. Après tout, pourquoi ne pourrais-je pas être mère ? Nous restâmes un moment à observer la petite prophétesse jouer puis nous descendîmes manger avant de mettre Sybille au lit pour la sieste. Malgré son âge, les manifestations nocturnes de son pouvoir l'épuisaient et elle avait besoin de ce temps de repos en journée. Kaelan s'éclipsa ensuite pour se rendre à la clairière où il demanderait à mes sœurs de me rejoindre pour discuter de l'apprentissage magique de notre pupille.

***

Lorsque mes sœurs arrivèrent, nous nous installâmes dans le patio, profitant de la douceur estivale. Eowyn nous avait préparé un thé glacé de son cru, servi avec des petits gâteaux confectionnés par Elissa. Nous aurions presque pu penser que nous étions en réunion de famille normale, si ce n'étaient nos sujets de conversation peu orthodoxes !

— Ce n'est pas un peu tôt pour commencer son apprentissage ? s'enquit Elissa. Normalement, on ne commence que vers dix ans à éveiller la magie chez les sorciers.

— Effectivement, c'est peut-être un peu précoce, mais sa magie s'est déjà éveillée. Si nous laissons les choses suivre leur cours, elle risque d'être vite dépassée par son pouvoir, répondit Eléonor. En tant qu'oracle, mes dons se sont éveillés tôt également et je peux vous assurer que subir ces visions n'a rien d'agréable.
— En même temps, à situation exceptionnelle, mesures exceptionnelles, approuva Eowyn. La mort de sa mère a dû accélérer les choses et Eirin nous l'ayant confiée, il n'y a que nous qui pouvons la préparer à tout ça.
— Vous croyez qu'elle reviendra ? demanda soudain Eilin.
— Eirin ? Oui elle a promis à Sybille de revenir la chercher, répondis-je étonnée par sa question.
— Non je veux dire, une prophétesse devrait bénéficier de la protection d'un coven. Or Eirin… Enfin, vous voyez, elle ne fait plus partie de notre assemblée…

Je la fixai incapable de répondre. Nous restâmes silencieuses. Puis Eléonor rompit le silence :

— Le passé est ce qu'il est, répondit-elle prudemment. Même si j'aimerais retrouver ma sœur, elle est morte en même temps qu'Ariane. Ce qu'Eirin est aujourd'hui c'est notre alliée, mais la connaissant elle ne reviendra pas en arrière.
— Alors nous ne reverrons plus Sybille ? demanda Elissa tristement.
— Seul l'avenir nous le dira ! énonça Eléonor.
— Tu as eu des visions la concernant ? s'exclama Eowyn.

— Peut-être bien et, croyez-moi, si ce que j'ai vu se produit nous allons avoir du pain sur la planche !
— En parlant d'avenir, reprit Eowyn en se tournant vers Eilin, comment ça se passe entre toi et le métamorphe ?
— Il s'appelle Aldric, la reprit la concernée, et tout se passe bien…
— Mais encore ?
— Nous sommes bien ensemble, nous vivons l'instant présent. C'est un peu délicat de se projeter avec Alistair, la fin du monde et compagnie. Du coup pas de prise de tête, simplement le plaisir d'être ensemble !
— Bien, et si nous revenions à Sybille ? les rappelai-je gentiment à l'ordre.

Eilin me remercia par télépathie de détourner l'attention puis ce fut l'ébullition, chacune y allant de sa spécialité pour structurer l'apprentissage de notre mini-sorcière. Eowyn se chargerait donc de lui inculquer son savoir des plantes afin que Sybille soit en mesure d'élaborer des potions de premier niveau. Eléonor lui apprendrait à distinguer les signes dans ses rêves et à les interpréter. Elissa se réservait les cours d'histoire de la magie et Eilin s'occuperait de lui apprendre les sortilèges et incantations nécessaires pour compléter sa formation de sorcière. Notre objectif était de la familiariser en douceur avec notre monde et de lui apprendre à apprivoiser les visions qu'elle aurait en grandissant. En comprenant la magie et ses règles, elle serait en mesure de distinguer le bien du mal et de faire ses propres expériences. Elissa proposa même de lui confectionner un grimoire qui lui serait propre et qui porterait le symbole de sa lignée en hommage à sa mère, Grace Warren. Je ne pus qu'approuver cette délicate attention. Nous le remplirions chacune d'un peu de notre savoir, puis elle le poursuivrait, si elle le souhaitait, au fil de son parcours.

Nous ne vîmes pas le temps passer si bien que ce fut Sybille qui, ayant fini sa sieste et nous ayant rejoints pour grignoter les gâteaux d'Elissa, nous fit nous rendre compte que la journée était bien avancée. Nous finalisâmes notre programme. Les moments où Sybille serait avec l'une ou l'autre de mes sœurs me permettraient de poursuivre mes recherches concernant le clan des corbeaux et la sauvegarde du Sidhe.

Tandis que je raccompagnais mes sœurs sur le perron du manoir, un frisson me parcourut soudain l'échine. Il ne me fallut que quelques secondes pour réagir et repoussai Sybille dans les bras d'Eléonor qui n'était pas encore sortie du manoir. J'eus à peine le temps de me placer devant mes sœurs qu'une dizaine de démons apparurent. Eowyn, Elissa et Eilin qui avaient perçu mon changement d'humeur se déployèrent autour de moi tandis qu'Eléonor refermait la porte du manoir pour épargner le spectacle à Sybille. À l'intérieur elles étaient protégées. Néanmoins les démons avaient vu l'enfant et il n'était pas question qu'ils aillent faire leur rapport à Alistair.

— Il ne doit y avoir aucun témoin. Ils ont vu Sybille, déclarai-je par le biais de notre lien.

Mes sœurs hochèrent la tête et Eilin contacta aussitôt Aldric par télépathie pour le prévenir de l'attaque. Une salve de boules de feu arriva sur nous. J'élevai mon bouclier nous protégeant toutes les quatre. Eowyn sortit ses potions de sa besace et en lança une sur nos adversaires qui furent renversés par une explosion. Deux ne se relevèrent pas et disparurent en fumée. Les survivants se concertèrent du regard, puis s'éclipsèrent. Certains réapparurent derrière nous, d'autre devant. Ils nous encerclaient. Les boules de feu s'écrasaient sur mon bouclier tandis que nous usions de sorts et de potions. Ils parvinrent progressivement à isoler Elissa et à l'entourer m'empêchant de la protéger avec mon bouclier. En un regard, nous nous comprîmes, puis j'abaissai notre protection. Ils voulaient nous diviser, mais pour cela ils s'étaient eux-mêmes séparés. Les attaques fusèrent. Elissa usa de son empathie pour déstabiliser ses adversaires tandis que je les repoussai avec la télékinésie. Eowyn fit appel à sa magie de la terre et des ronces jaillirent du sol pour s'enrouler autour du démon qui l'attaquait, le transperçant de part en part avec leurs épines. Eilin ralentit le temps pour se rapprocher suffisamment d'un démon et le poignarder avec la dague que je lui avais projetée. Nous ne mîmes pas longtemps à nous débarrasser d'eux. Mais alors que nous pensions en avoir fini, d'autres apparurent et le ballet mortel recommença. Malgré nos efforts, nous commencions à fatiguer. Kaelan et les autres devraient être là à présent, sauf s'ils avaient été attaqués de leur côté. Je me concentrai pour achever le démon qui ne voulait pas me laisser tranquille, puis sentis un nouveau frisson qui, cette fois, n'avait rien à voir avec mon alarme interne me prévenant de l'arrivée d'ennemi. Il s'agissait d'autre chose, ma marque pulsait et je sentis la magie à l'œuvre.

— Les filles, quelque chose se prépare…

À peine eussé-je prononcé ces mots qu'un portail s'ouvrit, laissant apparaître deux silhouettes encapuchonnées sous une cape verte pour l'une et bleu nuit pour l'autre. Les nouveaux arrivants se tournèrent vers les démons et dessinèrent des symboles dans l'air qui se mirent à scintiller avant d'être projetés sur chaque démon et de les embraser simultanément. Le chaos qui s'était installé reflua, nous laissant chancelantes et épuisées, mais nous nous regroupâmes pour faire face aux deux inconnus. Ils ôtèrent leur capuche et se tournèrent vers nous. L'un était brun, ses longs cheveux étaient tressés et descendaient dans son dos. Le visage fin, le teint hâlé, les yeux verts, tout en lui, respirait l'autorité et le charme. L'autre était aussi blond que le premier était brun. Il portait une tenue d'archer, ses yeux bleus me dévisageaient avec la même insistance que je lui retournai. Mon regard glissa alors vers leur poignet et mon cœur rata un battement. Ils suivirent mon regard et tendirent chacun leur bras pour nous permettre d'enfin assimiler qui ils étaient. Mes sœurs s'avancèrent à mon niveau et comprirent en même temps que moi. Un cerf et un aigle. Nous étions face aux représentants de deux des clans de chamans que j'avais appelés.

— Comment est-ce possible… murmurai-je incapable de détourner mon regard d'eux.
— Nous sommes désolés pour le retard. Nous ne nous attendions pas à votre appel si bien qu'il nous a fallu un peu de temps pour nous organiser, préparer notre départ, choisir qui serait l'élu envoyé à vos côtés. Mais il semblerait que nous soyons arrivés à temps, s'avança le blond en tendant sa main vers moi.
— Et vous êtes ? me repris-je en me redressant.
— Mais où avais-je la tête, je me présente Darren, je suis le représentant du clan de chaman porteur du totem de l'aigle et voici Aïdan, le représentant du clan porteur du totem du cerf.

Je saisis enfin sa main et ma marque pulsa d'autant plus. J'en fis de même avec Aïdan et le phénomène recommença.

— Je vous remercie d'être venus, bien que je ne sache pas encore quel sens donner à tout ceci. J'ignorai ce que je faisais en lançant l'appel. J'ai suivi le conseil d'une défunte amie sans trop y croire…
— Alors vous entendez les esprits ? m'interrompit Aïdan. Intéressant, ajouta-t-il plus pour lui que pour nous.
— Et vous êtes ? reprit Darren en arquant un sourcil.
— Oh oui, je suis Enora et voici mes sœurs : Eilin, Eowyn et Elissa.
— Ne devriez-vous pas être sept ? Où est Ariane ? s'étonna l'aigle.

— Par la déesse ! Eléonor, Sybille ! m'écriai-je en reprenant conscience de la réalité.

Sans plus leur accorder d'attention nous nous rendîmes rapidement au manoir pour nous assurer qu'elles allaient bien. Il nous faudrait ensuite retrouver Kaelan, Nissa, Lyam, Tessa, Aloys et Aldric qui ne nous avaient toujours pas rejoints. Nos deux invités restèrent en arrière stupéfaits par l'accueil qu'ils venaient de recevoir. Ils se regardèrent puis décidèrent silencieusement de nous suivre, attendant que nous soyons prêtes à leur donner plus d'explications quant aux raisons de l'appel que j'avais lancé.

Chapitre IV

Juillet 1692, Enora

Alors que nous approchions du manoir, Eléonor ouvrit la porte et nous fûmes soulagées de constater qu'elle et Sybille étaient saines et sauves. Nous les embrassâmes, rassurées, puis nous nous préparâmes à nous rendre dans la clairière. Eléonor resterait au manoir avec Sybille pour assurer sa sécurité en attendant notre retour. Tandis que nous retournions dehors, je croisai le regard des deux chamans qui nous attendaient adossés contre la clôture blanche. Eowyn, Eilin et Elissa me lancèrent un regard interrogateur. Je ne savais pas comment accueillir ces deux êtres. Je n'avais pas de raison de douter de la véracité de leur propos quant à leur statut de chaman, d'autant plus qu'ils nous avaient aidées à détruire les démons. D'ailleurs, leurs pouvoirs étaient étonnants. Je ne doutais pas du fait qu'ils étaient puissants. Mon inquiétude pour Kaelan m'empêcha d'approfondir mes réflexions, mais je pris le temps de leur expliquer la situation :

— Nous vous remercions pour votre aide avec les démons. Je sais que vous avez de nombreuses questions. Nous en avons en retour. Mais pour l'instant, nous voulons nous assurer de la sécurité de nos amis. Notre manoir, ainsi que Salem et le village de nos amis sont protégés, mais les démons peuvent toujours nous attaquer lorsque nous sommes à découvert. Si nos amis ne sont pas venus nous prêter main forte, c'est qu'il y a un problème et nous devons nous assurer qu'ils aillent bien.

Le dénommé Darren consulta son coéquipier du regard, ce dernier hocha la tête et ils se redressèrent.

— Nous comprenons votre inquiétude. Si cela ne vous ennuie pas, nous venons avec vous. Après tout, nous sommes ici pour aider le dreamcatcher, alors rejoignons-le ! déclara Darren.
— Oh, mais je suis la dreamcatcher, rétorquai-je.
— Vous ? Mais je croyais… Très bien nous vous suivons, nous verrons cela après, trancha le chaman en notant l'impatience grandissante d'Elissa.

Nous nous élançâmes d'un même élan vers la clairière. Nous aurions pu nous y rendre par le biais d'un portail, mais, si vraiment des démons les retenait, mieux valait arriver plus discrètement.

Il ne nous fallut que quelques minutes pour entrer dans la forêt et atteindre le sentier menant à la cascade. Nous percevions des cris et des discussions animées, mais a priori il ne s'agissait pas de bruits de lutte ce qui me rassura.

En revanche, lorsque j'étendis mes sens, je perçus de nombreuses auras. Interdite, je progressai plus rapidement pour enfin atteindre la rivière où une dizaine de personnes se tenaient face à Kaelan et à la meute. Les individus sentant notre présence se retournèrent et posèrent leurs yeux dorés sur nous, trahissant leur origine. Un groupe de métamorphe composé essentiellement de femmes et d'enfants. Seuls deux hommes, qui devaient avoir l'âge de Kaelan, se trouvaient dans leur groupe. Personne n'osa briser le silence, si bien que je me décidai à rejoindre mon compagnon. Je l'interrogeai du regard tandis que mes sœurs rejoignaient elles aussi les loups.

— Ce sont des réfugiés, révéla alors Kaelan.
— Comment ça des réfugiés ? demandai-je incrédule.
— Ils ont fui leur forêt et ont parcouru des kilomètres jour et nuit pour nous trouver. Quelqu'un leur a dit que nous les protégerions.
— Mais qui les menace ? Et qui leur a dit de venir ?
— Alistair, répondit une voix grave dans mon dos.

L'un des hommes du groupe s'avança vers nous et plongea son regard dans le mien.

— Nous ne voulons pas être un poids pour vous, la plupart d'entre nous sont prêts à combattre à vos côtés, mais il est essentiel pour nous de protéger nos familles. Nous savons que vous êtes la dreamcatcher. Beaucoup des nôtres vous ont vu en rêves, surtout nos enfants que vous avez protégés des démons. Alistair s'attaque à toutes les créatures magiques du continent, ravageant nos villages les uns après les autres et brûlant nos forêts.

Percevant sa colère et la fatigue induite par leur longue marche, je décidai de prendre les choses en main.

— Venez, nous allons en discuter au village. Nous y serons à l'abri des attaques de nos ennemis.

Kaelan acquiesça et les chamans formèrent une haie autour des réfugiés pour les protéger en cas d'affrontement. Mes sœurs se chargèrent d'accompagner et de faire passer les métamorphes de l'autre côté de la cascade. Puis, Darren et Aïdan s'avancèrent. Kaelan les étudia du regard déployant son pouvoir d'alpha. Les deux compagnons esquissèrent un sourire et relevèrent leur manche pour montrer leur tatouage.

— Nous sommes vos alliés, loup. Nous venons de loin pour vous aider dans la guerre qui se prépare.

Kaelan m'interrogea du regard et je haussai les épaules.

— Une chose après l'autre ! D'abord, il faut que l'on installe les réfugiés et que l'on en sache plus sur les raisons de leur venue. Après cela, un conseil s'impose.

Il hocha la tête et nous entrâmes tous deux dans la cascade sans plus nous inquiéter de nos invités qui nous suivirent encore une fois.

※

En émergeant dans la clairière, je n'eus pas le temps de m'appesantir sur le tournant que venait de prendre notre quotidien. Après l'accalmie de ces dernières semaines, il semblait que tout s'accélérait et nous tombait dessus en même temps. Nous nous organisâmes en plusieurs groupes pour installer convenablement les réfugiés. Elissa, Nissa et Eilin s'occupèrent d'apporter de la nourriture et des vêtements propres pour chacun. Eowyn prit en charge ceux qui présentaient des blessures. Tous étaient incontestablement épuisés, voire déshydratés. Aloys, Lyam, Aldric et Kaelan s'occupèrent de monter un campement au centre de la clairière avec des tentes. La douceur de l'été nous offrait du temps en attendant de leur apporter des solutions plus permanentes. De son côté, Aldric s'était éclipsé pour récupérer Eléonor et Sybille au manoir. Darren et Aïdan nous observaient et proposèrent à Tessa de préparer un repas pour tout le monde. Elle accepta volontiers et termina d'allumer le feu au centre du foyer installé au milieu du campement des réfugiés. La journée s'achevait lorsque nous terminâmes. La clairière des chamans semblait beaucoup plus petite avec l'installation des tentes devant les chalets, mais l'essentiel était de garder tout ce petit monde en sécurité le temps d'y voir plus clair. Ce fut autour d'un grand repas que nous pûmes enfin échanger.

— Nous vous remercions pour votre accueil et votre gentillesse, commença l'homme qui s'était adressé à nous en premier. Je m'appelle Marius. Nous vivions au Canada lorsque la traque a commencé.
— Au Canada ? Pourquoi Alistair irait au Canada ? s'étonna Eilin.
— En fait, il est partout à la fois puisqu'il nous attaque depuis le monde onirique. Vous avez pu intervenir les premières fois, mais à présent il porte ses assauts dans le monde des esprits et dans le monde réel. Les démons sont partout. Nous nous sommes organisés pour les combattre, mais ils parviennent toujours à nous atteindre. Une nuit, deux personnes sont arrivées pour nous prévenir de la destruction programmée de notre village. Ils nous ont dit de fuir et de rejoindre la dreamcatcher à Salem.
— Savez-vous qui étaient ces personnes ? demandai-je impassible.
— Des sorciers, un homme et une femme, mais ils ne m'ont pas dit leur nom.
— Il s'agissait probablement d'Eirin et de Fergus, me murmura Kaelan.

Je hochai la tête et me concentrai de nouveau sur Marius.

— Savez-vous pourquoi Alistair s'acharne ainsi sur votre clan ?
— D'après ce que nous avons entendu, il cherche à acquérir plus de pouvoirs dont celui des métamorphes.

— Alors il veut acquérir le don de se transformer, compris-je. Mais à quoi cela pourrait-il bien lui servir ? Il est mort et donc bloqué dans le Sidhe.

— Certains animaux ont la particularité de voyager entre les mondes, me glissa Kaelan. Peut-être veut-il récupérer un accès dans notre monde pour achever son projet ?

— Il y a quelque chose qui ne va pas, m'énervai-je. Si Alistair veut vraiment détruire le Sidhe, en quoi se transformer en animal peut l'y aider ? S'il bloque les esprits pour créer un déséquilibre entre les mondes et ouvrir la barrière entre le Sidhe et notre réalité, pourquoi tuer toutes les créatures magiques ? Cela n'a aucun sens !

— Je ne sais pas. Mais pour l'heure, nous devons nous organiser. Si vraiment Eirin et Fergus nous envoient les potentielles victimes d'Alistair, nous devons trouver une solution, car nous ne pouvons accueillir tout le continent ici ! reprit Kaelan.

— Peut-être pouvons-nous voir avec les humains s'ils peuvent accueillir certains réfugiés au village ? proposa Eilin.

— C'est une bonne idée, approuva Kaelan tandis que je me murais dans le silence, les laissant gérer la logistique. Nous pourrons aussi accueillir quelques personnes au manoir et je pourrais laisser à disposition mon chalet.

Il fut décidé que Tessa et Aloys se chargeraient d'accueillir les prochains réfugiés en élargissant la zone de protection plus au nord de la forêt avec l'aide d'Eowyn et Elissa. Eilin et Aldric, quant à eux, se chargeraient de voir avec les humains s'il était possible de réserver des chambres, voire peut-être même des maisons, pour les prochaines arrivées. Nous ignorions si nous accueillerions seulement des garous ou bien d'autres créatures magiques. Il nous fallait plusieurs solutions de logement convenant à la nature de chacun. Nos invités du jour par exemple étaient des garous se changeant en renard polaire : ils préféraient la perspective de s'installer plus au nord de la forêt, plutôt que de vivre à proximité des humains. Ils gardaient en mémoire les heures sombres du passé où ils étaient chassés pour leur fourrure. Marius nous précisa que d'autres membres de son clan arriveraient sous peu dès qu'il leur aurait confirmé qu'ils avaient bien trouvé la dreamcatcher. Ils seraient alors une vingtaine, aussi la clairière serait trop étroite pour autant de personnes. Aloys, habituellement réservé, s'entendit avec Marius et commença à élaborer l'organisation de leur prochain campement en proposant de construire des chalets afin qu'ils y soient mieux que dans les tentes si la situation devait s'éterniser. Nous terminâmes le repas, puis nous nous séparâmes pour laisser aux réfugiés la possibilité de se reposer enfin sereinement. Tessa et Nissa veillèrent sur le sommeil de nos invités tandis que Lyam, Aloys et Aldric allèrent peaufiner les détails pour le lendemain. Eléonor s'occupa d'Enaël et de Sybille en les couchant dans la maison d'Elissa.

  Je restai près de la cascade, songeuse, ne parvenant pas à participer à l'agitation ambiante. Darren et Aïdan me rejoignirent. Ils avaient à peine parlé durant le repas qui s'était transformé en conseil de guerre. Malgré la fatigue, je ne repoussai pas davantage la conversation que je leur avais promise et je me tournai vers eux.

— Tout cela doit vous paraître étrange ! Je ne sais pas d'où vous venez exactement, mais si vous vous attendiez à retrouver Ariane à la tête du coven et le dreamcatcher sagement tenu en laisse, vous vous êtes fourvoyés, déclarai-je calmement.

Ils se regardèrent puis le porteur du cerf esquissa un sourire avant de s'asseoir. Darren fit de même. Comprenant que cela risquait de prendre du temps, je m'installai à mon tour au bord de la rivière, laissant mes pieds baigner dans l'eau fraîche et vive.

— Vous me plaisez, Enora, dit Aïdan.

Le timbre de sa voix me surprit. Sa voix était douce et chaude. Je posai mon regard sur lui et il me fit l'effet d'avoir une centaine d'années tant était intense la sagesse émanant de sa personne. Je gardai le silence, l'invitant à poursuivre.

— Nous venons d'Europe, commença-t-il. De Bretagne plus précisément me concernant. Darren appartient au clan des aigles situé en Écosse. Il n'en est pas le chef, mais l'un de ses fils et il a été choisi pour répondre à l'appel que vous avez lancé d'instinct si j'ai bien saisi vos propos. Pour ma part, je suis ou plutôt j'étais le chef de mon peuple. Comme pour tout cerf, le moment d'être défié par l'un de mes fils pour qu'il prenne ma place a fini par se présenter. Nous fonctionnons un peu comme la meute de Lycaon, seulement nos chefs sont toujours issus de la même lignée, celle qui fut instituée pour la première fois de l'esprit du cerf. Lorsque nous avons senti votre appel, nous avons choisi deux membres qui n'avaient pas d'attaches dans le clan pour pouvoir s'en éloigner plus facilement dans le cas où nous ne reviendrions pas chez nous.

— Mais, et vos fils ? m'enquis-je.

— Que savez-vous des cerfs, Enora ? reprit le chaman.

— Que vous êtes considérés comme les rois de la forêt. Vous protégez les créatures magiques de la terre et vous êtes d'une grande sagesse, énonçai-je en me remémorant mes lectures.

— Certes, mais il ne peut y avoir qu'un seul « roi » comme vous dîtes si bien. Lors de notre duel, mon fils a triomphé. Ainsi je devais quitter le clan. Je suis désormais libéré de mes devoirs envers mon peuple. Mais pas envers les créatures magiques, d'où ma présence ici.

— Je comprends mieux, répondis-je doucement. Vous connaissiez Ariane ?

— La dernière fois que nous avons eu un contact avec les vôtres, intervint Darren, c'est elle qui dirigeait le coven. Elle venait de le former et nous avions été mis au courant de l'alliance conclue entre elle et la meute de Lycaon concernant la recherche du dreamcatcher. Cela remonte à des décennies, si bien que nous avons été surpris à notre arrivée, mais jamais nous n'avons voulu vous insulter, déclara-t-il avec gravité.

Touchée par leur sincérité, je leur souris puis entrepris de leur expliquer tout ce qu'il s'était passé depuis mon arrivée au coven jusqu'à la mort d'Enya. L'éveil de ma magie, mon apprentissage auprès de Kaelan, la trahison d'Eirin et le retour d'Alistair. Ils furent attristés en apprenant la mort d'Ariane. Puis lorsque je leur appris que j'étais désormais la matriarche et que le coven de Danann était désormais un cercle réunissant les chamans, Aldric et mes sœurs, ils restèrent longuement silencieux. Je partageai avec eux nos dernières découvertes, incluant Sybille et son don, à la suite de l'attaque d'Alistair sur Salem. Comment Eirin s'était retournée contre lui et enfin comment j'avais tué le chasseur déclenchant le déséquilibre du Sidhe en libérant son esprit. Ils me demandèrent si nous pouvions nous rendre au cromlech de Danann le lendemain. J'acceptai volontiers tandis que Kaelan nous rejoignait. Il salua les deux chamans et ils échangèrent longuement.

    Darren et Aïdan connaissaient le père de Kaelan, mais n'avaient plus eu de contact avec les loups depuis l'arrivée au pouvoir de mon compagnon. Celui-ci s'en excusa et expliqua brièvement s'être trompé de route jusqu'à notre rencontre qui lui avait permis de retrouver son véritable statut d'Alpha et son lien avec les siens. Je me laissai bercer par leurs paroles et sombrai sans m'en rendre compte dans le sommeil, blottie dans les bras de mon compagnon.

Je m'éveillai dans la chambre du chalet de Kaelan. Les souvenirs de nos premiers pas ensemble, d'abord en tant que maître et élève, puis alliés et enfin amants, dans ce chalet me firent sourire. Les choses avaient changé et je réalisai que, même si je me sentais souvent dépassée, je ne reviendrai en arrière pour rien au monde. J'aimais notre vie de couple, le coven que nous formions. J'aimais être une dreamcatcher et une matriarche. Rassérénée après une nuit reposante malgré les derniers évènements, je me levai et me dirigeai vers la salle de bain pour me laver et revêtir une jupe grenat par-dessus une chemise blanche à manches courtes et un corset noir. Nous conservions toujours une tenue de rechange tant au chalet qu'au manoir lors de nos visites. Je m'occupai de discipliner mes cheveux en les tressant pour ne pas être gênée puis j'attrapai mes sandales et me dirigeai vers la cuisine après avoir ouvert les fenêtres pour laisser entrer la brise dans la maison. Kaelan était déjà sorti, mais il m'avait laissé le petit-déjeuner sur la table. Je grignotai quelques fruits secs et une brioche puis bus une tisane avant de tout ranger et de me diriger vers la sortie. Je fus surprise de trouver Eowyn sur le palier prête à frapper à la porte que je venais d'ouvrir.

— Tiens, tu es réveillée ? Moi qui pensais devoir te tirer du lit encore une fois ! me taquina ma sœur aînée.
— Arrête, cela fait longtemps que je ne traîne plus au lit, rétorquai-je boudeuse.

— Taratata ne te vexe pas, je suis venue te prévenir que Kaelan et les autres chamans sont partis au cromlech. Ils m'ont dit que tu n'avais qu'à les rejoindre dès que possible.
— Quoi, mais où sont les autres ? m'étonnai-je.
— Lyam, Aldric et Aloys sont partis avec Marius et William, l'autre homme-renard, pour commencer à déblayer la forêt et y construire des abris. Les filles s'occupent des femmes et les enfants jouent ensemble. Tu verrais Sybille ! Elle est ravie d'avoir plein de nouveaux amis ! Elle adore Enaël, mais il est encore petit pour jouer avec elle. Avec tous les petits renardeaux, elle est aux anges !
— Il faut que l'on commence son apprentissage, me rappelai-je.
— Ne t'en fais pas, on gère ! Déjà, elle a appris beaucoup de choses sur les métamorphes hier soir et, tout à l'heure, Nissa lui donnera un cours sur les plantes.
— Tu ne devais pas t'en charger ?
— J'ai formé Nissa. Rien de mieux pour qu'elle teste ses connaissances que de les enseigner à son tour. Ne t'en fais pas, je serai avec elle pour compléter et adapter en fonction de ce que Sybille aura à retenir. Elle est jeune, mais très intelligente, elle apprendra vite.
— Oui, j'en suis sûre, répondis-je en souriant.
— Et toi ? Comment vas-tu avec tout ça ? Je t'ai trouvé songeuse hier soir.

Je m'assis sur la balancelle installée sur la terrasse et invitai Eowyn à me rejoindre.

— Je vais bien, mais j'ai l'impression que quelque chose nous échappe. J'étais persuadée qu'Alistair voulait détruire le Sidhe, mais attaquer les créatures magiques n'a aucun sens.

— De ce que j'ai pu en voir, cet homme est très complexe. Il ne pense pas comme nous. C'est un humain devenu sorcier au terme de sa quête de vengeance. Il a tué des mages noirs et s'est abreuvé de leur magie. Il ne pouvait pas en ressortir très stable, si tu veux mon avis !

— Il ne veut peut-être pas détruire le Sidhe, réfléchis-je à haute voix.

— Au départ, on pensait qu'il voulait dominer le monde, puis il nous a avoué vouloir ta magie pour recréer la réalité telle qu'elle lui convenait. Son but est peut-être au-delà du Sidhe, reprit Eowyn en haussant les épaules.

Ses mots se répercutèrent en écho dans ma tête. Au-delà du Sidhe… L'image de Greta me revint à mesure que le puzzle s'assemblait enfin sous mes yeux.

— Eowyn, tu es la meilleure ! m'exclamai-je en l'embrassant sur la joue.

— Mais je le sais bien, s'esclaffa-t-elle. Tiens, si tu veux me rendre service, dis-le au beau chaman quand tu le verras !

— À Kaelan ?

— Mais non ! Certes, ton loup est plutôt pas mal, mais ce n'est pas mon genre.

— Qui alors ?

— Je te laisse deviner ! Nous verrons si tu me connais aussi bien que je te connais, acheva-t-elle en se levant et en quittant gaiement la terrasse.

Je ne pus que rire face à l'insouciance de ma sœur. Je m'étais tellement habituée à la voir en tant que référente et grande sœur que j'en avais oublié qu'elle aussi était une femme. Elle ne resterait probablement pas seule toute sa vie dans sa cabane au milieu de la forêt ! Je m'arrêtai net en réalisant lequel des deux chamans avait suscité l'intérêt de ma tornade de sœur. Je secouai la tête, après deux loups et un lynx, la prochaine étape serait-elle un cerf ? Je fis appel à ma magie et ouvris une porte conduisant directement au cromlech.

Chapitre V

Août 1692, Enora, Lughnasadh

Je fis une arrivée discrète en dehors du cromlech puis, j'avisai les trois hommes en pleine discussion devant l'autel situé au centre du monument. Le profil de Kaelan se découpant dans le soleil éveilla mes sens. Je le trouvai encore plus beau que les autres jours tant il dégageait du charisme et de la force. Les deux autres chamans étaient tout aussi attirants, mais j'étais parfaitement comblée avec mon compagnon. Je pris le temps d'observer Aïdan. D'après ce qu'il m'avait confié, il avait déjà vécu une vie avant son arrivée à Salem, il avait construit une famille, était chef de clan. Serait-il réceptif à l'intérêt qu'Eowyn semblait lui porter ? Pour une fois, j'avais envie d'avoir une prémonition afin d'avoir un aperçu de notre avenir. La perspective d'un futur où nous n'aurions pas à lutter pour nos vies me paraissait tellement utopique. L'attirance que semblait éprouver Eowyn pour notre nouvel invité me ramenait à des préoccupations plus rationnelles. Sans doute ma sœur avait-elle aussi, besoin d'oublier les responsabilités qui étaient les nôtres. Il n'était probablement pas question d'une relation suivie, mais plutôt d'un intérêt pour ce qu'Aïdan représentait et ce qu'il pouvait lui offrir. Je décidai de chasser mes craintes. Ma sœur était grande, elle saurait protéger son cœur en cas de déconvenue. Je m'apprêtai à entrer dans le cercle de pierres, quand un vertige me stoppa quelques secondes. Je m'appuyai contre un menhir afin de reprendre mes esprits. La fatigue accumulée des derniers jours me jouait des tours. J'inspirai et expirai lentement puis enfin je rejoignis les chamans.

Ceux-ci se retournèrent à mon approche et Kaelan se plaça à mes côtés. Il sentit mon malaise.

— Tout va bien ? s'enquit-il après avoir déposé un léger baiser mes lèvres.
— Oui, juste un vertige ne t'en fait pas, lui répondis-je en souriant.

Il me regarda d'un air suspicieux puis reporta son attention sur nos nouveaux alliés. Darren souriait de toutes ses dents, ce qui m'intrigua.

— Quelque chose vous amuse Darren ? ne pus-je m'empêcher de lui demander.
— En fait oui ! Si on m'avait dit qu'un chaman se lierait avec une sorcière ! La dreamcatcher de surcroît !
— Je ne vois pas ce qu'il y a de risible, ripostai-je un peu sèchement. Ma sœur Elissa est également mariée à l'un des loups de la meute.

— Oui, mais ce n'est pas un alpha et elle n'est pas matriarche ! Vos prédécesseurs avaient à cœur de montrer l'exemple et si les unions mixtes n'étaient pas proscrites, elles n'étaient pourtant pas mises en avant, expliqua-t-il.
— Ah, fis-je en arquant un sourcil. Cela vous pose un problème ?
— Non, pas du tout, au contraire ! C'est une autre preuve qui nous montre que vous apportez un souffle de renouveau dans notre monde, répondit Darren en levant les mains en signe de paix.

Sa jeunesse et sa fougue me firent sourire. Il apporterait sans conteste un peu de légèreté à notre groupe.

— Si nos unions vous étonnent, que pensez-vous de celle de mon autre sœur, la télépathe, avec Aldric, le métamorphe ?
— Non ?! s'exclama-t-il les yeux ronds. Je ne savais pas que les métamorphes pouvaient s'unir avec quelqu'un en dehors de leur espèce. C'est fascinant !
— Et vous Aïdan, voyez-vous aussi nos unions mixtes comme des… curiosités ? demandai-je en cherchant le mot juste.
— J'ai vu beaucoup de choses dans mon existence et s'il y a bien une chose qui ne tient pas compte de notre nature ou de notre espèce, c'est l'amour. D'autant plus pour les chamans et les garous qui n'ont qu'une âme sœur dans leur vie.

— Les sorcières n'ont peut-être pas cette spécificité, mais nous n'en sommes pas moins exclusives et fidèles, le rassurai-je en jetant un œil à Kaelan qui hocha la tête.
— Pour ma part, je ne m'en suis jamais inquiété. Enora connaît mon passé, elle sait que nous pouvons avoir des compagnes, mais que lorsque nous trouvons notre âme sœur plus rien d'autre ne compte.

Le cerf et l'aigle approuvèrent puis nous revînmes à des discussions plus sérieuses.

— C'est donc ici que vous avez passé l'appel ? reprit Aïdan.

J'acquiesçai et lui expliquai avoir entendu la voix d'Enya, ancienne oméga et dreamcatcher de la meute de Lycaon. Je détaillai ensuite le procédé et Kaelan fut attentif, car lui non plus n'avait pas encore eu connaissance des détails. Nous fîmes le tour afin de passer devant chaque menhir, observant les symboles puis je leur précisai que ceux-ci étaient apparus seulement quelques jours plus tôt. Nous nous arrêtâmes devant celui portant le signe du corbeau et Aïdan resta songeur.

— Si je comprends bien, Danann nous indique ici la combinaison magique nécessaire pour garantir l'équilibre entre le Sidhe et ce monde. L'union du loup, de l'aigle, du cerf et de la dreamcatcher ne m'étonne pas vraiment, mais qu'en est-il pour le corbeau ? Si mes sources sont exactes, ses représentants ont été tués lors d'une attaque de sorciers ?

— En effet, répondit Kaelan. Néanmoins, l'une des leurs a survécu.
— Comment est-ce possible ? Nous l'aurions senti si un corbeau était encore en vie, nous sommes liés par les esprits de nos totems.
— L'auriez-vous senti si son sang n'était pas pur ? demandai-je doucement.
— Vous voulez dire une progéniture issue d'une union mixte ? rebondit Darren.
— Moitié sorcière, moitié chamane, révélai-je enfin. Il s'agit enfin il s'agissait, de notre sœur aînée, Eirin.
— Celle qui vous a trahi et s'est alliée à Alistair ? dit Aïdan d'une voix blanche.
— C'est compliqué, reconnus-je. Disons que nous ignorions tout de sa véritable identité, même Ariane ne l'a jamais dévoilée. Ce n'est qu'après avoir transformé Eirin en banshee que celle-ci a cessé de refouler son passé et qu'elle s'est détournée d'Alistair.
— Si vous dîtes vrai, elle a dû ressentir l'appel. Pourquoi n'est-elle pas ici ? reprit Aïdan méfiant.
— Aux dernières nouvelles, elle se cachait dans le Sidhe avec Fergus un ancien sbire d'Alistair également. Ce sont eux qui nous ont prévenus pour le chasseur alors que nous pensions en avoir terminé avec lui. Elle porte la marque d'Alistair et si elle revenait, elle mettrait Sybille en danger.
— Sybille ? s'enquit Darren.
— Notre filleule en quelque sorte, répondis-je en jetant un regard à Kaelan qui vola à mon secours.

Il leur fit un bref résumé de mes propos de la veille concernant le statut de Sybille qui était le sixième membre du cromlech de Danann.

— Alors pour protéger cette enfant, elle doit garder ses distances, résuma Aïdan. Bien, dans ce cas la première chose à faire sera de libérer Eirin de ses liens avec Alistair pour qu'elle puisse ensuite se joindre à nous.
— Et ensuite que ferons-nous ? demandai-je incrédule. Sybille n'a que sept ans, il est hors de question de la mettre en danger en l'exposant face à Alistair.
— Mais il n'a jamais été question de ça ! s'exclama le cerf perdant pour la première fois son masque impassible.

Surprise, je le regardai sans comprendre.

— Nous n'affronterons pas Alistair ensemble, du moins pas comme vous l'entendez, reprit-il. Nous allons nous lier à vous pour vous offrir nos dons. Vous êtes la dreamcatcher, la seule à être en mesure de canaliser nos pouvoirs. Vous l'avez déjà fait avec ce garou, Aldric.
— Je ne pensais pas que…
— Et le fait que nous soyons unis, poursuivit Kaelan, lui ouvre également l'accès à l'esprit du loup.
— C'est exact. Et étant donné que vous avez tué la forme physique d'Alistair, il est essentiel pour vous d'accéder à la magie du corbeau sinon vous ne pourrez jamais l'atteindre, conclut Aïdan.

Le froid s'empara de moi. Je n'avais jamais réalisé ce

qu'impliquait la mort d'Alistair. Nous étions tellement concentrés sur le « comment était-ce possible ? » que nous en avions négligé le « comment l'anéantir définitivement ? ».

Lorsqu'Aldric m'avait permis d'acquérir la capacité de me changer en animal, je n'avais pas fait le lien avec le fait que cela me liait avec les métamorphes. Il y avait d'abord eu Enya qui, par son sacrifice, avait éveillé mes dons de dreamcatcher. Puis, Ariane qui, en m'offrant ses pouvoirs, m'avait élevée au rang de matriarche. Ensuite, j'avais pu me transformer en chat et, enfin, notre union avec Kaelan me permettait d'accéder au loup. Sentant l'angoisse qui me gagnait, Darren tenta d'alléger l'atmosphère :

— Le point positif, c'est que nous n'avons pas besoin d'être tous réunis pour vous donner l'accès à nos dons. En attendant de retrouver le corbeau, nous pouvons déjà vous transmettre les nôtres ainsi que ceux de Sybille. Il suffira de nous faire entrer dans votre coven.
— Vous faire entrer… Mais, et vos familles ? m'enquis-je, stupéfaite.
— Les chamans nous ont expliqué que chacun était libre de ses mouvements dans votre cercle, sourit Darren. Et puis nous avons été choisis parce que nous n'avons plus d'attaches auprès des nôtres. Lorsque nous porterons votre marque, nous serons en mesure de répondre à votre appel, peu importe où l'on sera et vous pourrez canaliser l'esprit de nos totems.
— Vous ne me connaissez même pas, murmurai-je.

Aïdan s'approcha de moi et posa ses mains sur mes épaules.

— Enora, vous n'avez pas été choisie par hasard, ce n'est pas un sacrifice que nous faisons, nous agissons de notre plein gré, en âme et conscience et c'est un grand honneur de pouvoir contribuer à la concrétisation de votre victoire sur l'ombre.

Émue, je gardai le silence un moment.

— Soit, nous ferons ainsi, mais pour Sybille, je dois avoir l'accord d'Eirin. C'est elle qui est sa mère aujourd'hui.
— Alors, commençons par nous. Et, lorsque vous retrouverez le corbeau, il ne vous restera plus que ces deux entités à lier, résuma Darren.

Cela semblait si simple à l'entendre ! Mais il ne connaissait pas Eirin. Serait-elle seulement d'accord pour me laisser accéder à sa magie comme autrefois ? Et pourrais-je lui faire suffisamment confiance pour la faire entrer dans le coven après sa trahison ? Si elle se retournait contre nous en puisant dans la force de notre assemblée, Alistair deviendrait le cadet de nos soucis. Je n'avais d'ailleurs toujours aucune piste concernant ce que voulait réellement ce dernier et pourquoi il agissait ainsi. Tout ce que je pensais savoir à propos de ses objectifs était incohérent à la lumière de ses actes. Darren et Aïdan, voyant mon trouble, nous laissèrent et retournèrent à la clairière prêter main-forte aux réfugiés. Kaelan m'enlaça et me murmura des mots rassurants. L'afflux d'informations et le fait d'être incapable de lire clairement les intentions du chasseur me donnaient la nausée. Un nouveau vertige me prit et je m'effondrai contre mon compagnon.

⁂

Lorsque j'ouvris les yeux, je découvris que je me trouvai dans notre chambre au manoir. Les rayons du soleil filtraient à travers les rideaux orangés déployés devant la fenêtre. J'eus besoin de quelques secondes pour émerger. Je contemplai mon environnement. Cette chambre qui autrefois pouvait accueillir deux lits, était devenue une spacieuse suite avec mon espace de travail composé d'un bureau et d'une bibliothèque d'un côté et un grand lit à baldaquin aux voilages blancs de l'autre. Une armoire imposante et patinée se trouvait près de la fenêtre ainsi qu'une malle au pied de notre lit. Nous disposions de notre salle d'eau et d'un petit salon transformé en chambre pour Sybille afin de l'avoir près de nous. Le grimoire des dreamcatchers était posé sur mon bureau dans le fouillis de carnets et de feuilles traduisant mes longues nuits de recherches. Un doute me saisit une fraction de seconde. Avais-je rêvé les derniers jours ? Le don de Sybille, le cromlech, Darren et Aïdan ? Songeuse, je me décidai à me lever et posai prudemment les pieds au sol. Ne sentant aucun malaise venir je fus rassurée. La fatigue et l'angoisse des derniers jours avaient eu raison de moi. À défaut d'être d'une force à toute épreuve, j'étais résiliente et me relevai toujours après chaque chute. Un mot attira mon attention sur la table de chevet et je l'attrapai pour le lire avant de me lever.

« *Enora,*
Tu t'es évanouie peu de temps après notre entretien avec les deux porteurs du cerf et de l'aigle, je t'ai ramenée à la maison où Eowyn est venue vérifier ton état. Selon elle, tu avais quelques heures de sommeil à rattraper, aussi elle n'était pas inquiète. Je suis avec Sybille pour une séance de méditation à la clairière. D'autres réfugiés sont arrivés ce matin, Aloys et Lyam les ont pris en charge. Aldric et Eilin se sont entretenus avec les habitants du village qui sont tout à fait prêts à accueillir d'autres victimes d'Alistair. Ils ont mis l'auberge à notre disposition ce qui permettra d'offrir le logis et le couvert aux nouveaux arrivants. Je sais que tout cela t'angoisse beaucoup, mais comme tu le vois nous sommes là pour t'épauler.
Je t'aime.
K. »

J'esquissai un sourire et repliai la missive. Le cœur gonflé d'amour je me levai enfin et me dirigeai vers mon bureau. Je ramassais tous les carnets et livres et les remis en ordre dans ma bibliothèque, puis je reposai le grimoire sur son lutrin. J'avisai ensuite mes feuilles éparpillées avec toutes mes notes. Je pris la caisse à papier qui servait à allumer les cheminées du manoir et glissai tout dedans, jetant des heures et des heures de réflexion qui n'avaient abouti à rien. Je pris ensuite deux autres feuilles. Sur la première je dessinai un croquis du cromlech en notant le nom des six gardiens porteurs des symboles, puis je listais les membres de notre coven ainsi que nos natures. Sur l'autre feuille, je réalisai un cercle dans lequel j'inscrivis les différents univers composant le Sidhe à ma connaissance et en dessous je notai le nom d'Alistair ainsi que les informations solides que j'avais le concernant.

Il était un humain devenu sorcier à la suite du meurtre du coven noir régnant à Salem à l'époque d'Ariane. La mort de ses parents et de sa sœur avait été le déclencheur d'une suite de tragédie. Je notai en parallèle, le massacre du peuple des corbeaux par le même clan ayant tué la famille d'Alistair. J'ajoutai le nom de Greta comme vivant près du chasseur et inscrivis les mots de père et sœur dans le niveau des anges puisque, d'après elle, eux avaient pu s'élever tandis qu'elle était restée auprès de son fils, pour qui elle espérait une rédemption malgré les atrocités commises.

Il était mort. Je l'avais tué. Lorsqu'une personne meurt, elle traverse le voile pour se rendre vers le Sidhe, dans les limbes d'abord. Ensuite elle poursuit son parcours là où elle le doit. Or, Alistair semblait avoir tiré parti de sa mort pour contourner les règles et bloquer le processus. Je ne savais pas comment il s'y était pris, mais pour pouvoir agir comme il le faisait avant, cela signifiait qu'il avait seulement perdu sa forme physique et donc l'accès à notre monde. Pourchasser les métamorphes et accaparer leur magie serait donc un bon moyen d'y remettre un pied sous forme tangible. Je poursuivis mon raisonnement à l'aide de mes notes. Il était évident qu'il allait falloir déclencher une confrontation avec Eirin. Ne serait-ce que pour avoir la confirmation que c'était bien elle qui nous envoyait les réfugiés pour les protéger. Avec leur arrivée, nous pouvions enfin savoir ce que faisait Alistair de son côté pendant que ses démons nous attaquaient, détournant notre attention de notre véritable objectif. Deux éléments nous manquaient encore : comment Alistair avait-il pu contourner la magie du Sidhe et dans quel but ?

S'il voulait s'emparer de ma magie jusqu'à présent, notamment mon don de projection pour projeter dans la réalité le monde qu'il aurait façonné selon sa volonté, pourquoi s'acharnait-il à déséquilibrer le Sidhe ? La réponse me frappa soudain et je me laissai tomber sur le dossier de mon fauteuil. Observant les deux feuilles résumant mes pensées je pris le temps de peser l'impact qu'allait avoir ma théorie. Je caressai du doigt le nom de Greta. C'était évident. Depuis le début, la quête d'Alistair n'était motivée que par une chose : venger ses parents. Du moins, c'est ce que nous avions tous cru. Je saisis mes feuilles et me levai pour les placer dans mon grimoire. Il faudrait que je prenne le temps d'y inscrire les informations concernant les gardiens de Danann et le cromlech. Pour l'heure, il fallait que je me prépare pour rejoindre le coven. Ce soir, j'accueillerai Darren et Aïdan dans notre assemblée. Puis, je partirai à la recherche d'Eirin.

Si mes craintes étaient justes, nous n'avions que peu de temps pour agir. Je me dirigeai vers l'armoire et retirai une robe longue rouge, cintrée à la taille, aux manches évasées surmontées d'une capuche. Ma robe de rituel, de matriarche. J'allais ensuite vers la salle de bain pour effectuer des ablutions rapides et attacher mes cheveux en chignon avant de revêtir cette robe qui signifiait tant. Je dissimulai mon visage sous la capuche puis ouvris la porte de mon paysage onirique pour en ressortir au cromlech. J'activai la marque du dreamcatcher qui avertit les membres du coven qu'il était temps de me rejoindre. En attendant leur arrivée, je m'affairai à préparer le rituel en traçant un pentagramme au sol puis en faisant apparaître des bougies, du romarin et de la lavande. Je plaçai ma dague sur l'autel de pierre ainsi que des bandes de tissus et des onguents pour soigner nos mains après le rituel. Après cela, je fis apparaître mon grimoire pour le serment. Il ne me resta plus qu'à attendre, mais ce serait bref. Je sentais déjà la présence des chamans, de mes sœurs puis d'Aldric. Darren et Aïdan, sans doute prévenus par Kaelan étaient là aussi et me saluèrent d'un hochement de tête. Le jour déclinait. J'avais dû dormir une bonne partie de la journée bien que cela n'ait plus d'importance. Sybille se tenait près d'Eléonor et sembla impressionnée par tout ce qu'elle voyait. Je lui fis signe de me rejoindre et baissai ma capuche pour ne pas l'effrayer.

— Ma chérie, nous allons effectuer un rituel afin de lier nos nouveaux amis à notre cercle.
— Tu vas faire de la magie ? s'enquit-elle en regardant ma robe puis l'autel près duquel nous étions.
— Exactement. Durant le rituel, j'aimerais que tu fasses quelque chose pour moi.
— D'accord, déclara-t-elle avec détermination.

— Je vais tracer un cercle près de moi et je veux que tu restes à l'intérieur. Il ne faut pas que tu en sortes avant que je ne te l'aie demandé. Tu peux faire ça ?
— Oui, je crois, réfléchit-elle un instant.
— Ce cercle te protégera durant le rituel. Ce ne sera pas très long, tu pourras nous voir et nous entendre, mais il ne faudra surtout pas nous toucher.
— Un sort commencé ne peut être interrompu, récita-t-elle me laissant bouche bée.

Avisant mon expression, elle sourit fièrement :

— C'est ce que j'ai appris aujourd'hui pendant mon cours de magie !
— C'est très bien, tu seras une grande sorcière si tu continues ainsi, la félicitai-je.

Je déposai un baiser sur son front puis je traçai le cercle en parsemant de la lavande et du romarin dessus pour assurer une double protection. Enfin, je me redressai et m'adressai au coven.

— Mes sœurs, mes frères, mon âme sœur. Je vous ai sollicités afin d'agrandir notre assemblée avec la venue de Darren, le représentant du clan des chamans porteurs du totem de l'aigle et d'Aïdan, représentant du clan des chamans porteurs du totem du cerf. Ensemble, nous serons plus forts pour lutter contre le mal et préserver l'équilibre tel que l'a voulu la grande déesse. Si vous le voulez bien, formez à présent un cercle autour du pentagramme. Sybille ne participera pas au rituel dans l'immédiat c'est pour cela qu'elle se tient dans ce cercle protecteur, précisai-je pour rassurer mes sœurs sur mes intentions.

Elles hochèrent la tête. Le cercle se forma. Une sorcière, un chaman et ainsi de suite jusqu'à Aldric, l'unique métamorphe, pour l'instant, présent. Elissa portait Enaël en écharpe, lui permettant d'avoir les mains libres. Le petit étant déjà lié à nous, le rituel n'aurait aucun effet sur lui. Je fis signe à Darren et à Aïdan de s'approcher de moi. Solennellement, ils avancèrent puis posèrent un genou devant moi.

— Darren. En tant que porteur de l'esprit de l'aigle, acceptes-tu de rejoindre notre coven et d'assurer la mission confiée par la déesse de protéger l'équilibre entre les mondes et les innocents ?
— Oui, je l'accepte, déclara-t-il avec sérieux.
— Au sein de notre assemblée, tu trouveras une famille, un soutien et tu resteras libre de tes choix et de tes mouvements tant qu'ils ne nuisent à personne.
— Qu'il en soit ainsi, prononça-t-il.

Je pris alors la dague et je lui entaillai la paume de la main qu'il m'offrait puis je fis de même avec la mienne. Lorsque nos sangs se mêlèrent, je stoppai l'afflux de magie pour reproduire le serment avec Aïdan. Alors je laissai le rituel suivre son cours et nos auras se déployèrent en faisceaux. Le cerf et l'aigle se manifestèrent et rencontrèrent les loups. Les liens se tissèrent entre Aïdan et Darren et se relièrent à chacun d'entre nous. Je sentis leur confiance et leur fierté d'accomplir leur devoir. Sybille nous observait, fascinée et parfaitement immobile dans son cercle. Le rituel s'acheva et les flammes des bougies s'éteignirent. Je rabaissai ma capuche et souris franchement aux deux chamans avant de leur offrir de quoi soigner leurs mains. Eowyn s'approcha pour nettoyer nos plaies avec l'onguent de sa confection et je vis ses joues rosir discrètement lorsqu'elle s'occupa de la main d'Aïdan. J'étais convaincu qu'il avait perçu son trouble, mais il n'en montra rien. Darren sautillait gaiement en rejoignant Lyam et Aloys avec fierté. Leur amitié naissante me toucha. Personne ne pouvait rester insensible à la bonhomie de l'aigle. Kaelan me rejoignit et m'embrassa doucement, puis nous revînmes vers Sybille. Épuisée, la petite somnolait déjà si bien que mon compagnon la souleva dans ses bras. Avant de rejoindre le pays des rêves, elle murmura :

— Moi aussi, un jour, je ferai partie de la famille.

Nous nous regardâmes avec émotion. Nous aimions cette enfant et je savais qu'Eirin l'aimait tout autant. Ferait-elle les bons choix pour elle ? Nous nous rendîmes tous au manoir et après avoir couché Sybille et Enaël, nous célébrâmes cet évènement autour d'un délicieux repas.

Chapitre VI

Août 1692, Eirin

La sorcière à la chevelure noire achevait de donner ses indications au groupe de métamorphes qui se tenait face à elle. Des hommes et leurs familles, femmes, enfants, aïeuls, quittant leur village pour échapper aux griffes d'Alistair. Le convoi se mit en route après avoir reçu les dernières consignes. Eirin les observa jusqu'à ce que l'obscurité de la nuit les avale. Elle sentit la présence de Fergus dans son dos et soupira lorsqu'il posa ses mains sur ses épaules.

— Encore un village évacué. J'espère qu'ils arriveront sans encombre jusqu'à Salem, murmura-t-elle.
— Viens, rentrons nous mettre à l'abri. Que dirais-tu de discuter de tout ça autour d'un chocolat chaud ? proposa le druide.
— Tu sais comment parler aux femmes, sourit Eirin d'un air provocateur.

— Aux femmes, non, mais je fais de mon mieux pour te satisfaire toi, rétorqua-t-il avec sincérité.
— Cesse de te dévaloriser dans ce cas. Tu m'apportes tout ce dont j'ai besoin, répondit-elle en l'embrassant avec passion.

Fergus profita de leur étreinte pour s'éclipser et retourner dans leur paysage où ils vivaient en attendant de ne plus être recherchés par Alistair. Ils y avaient une chaumière confortable et tout le nécessaire pour s'y sentir comme chez eux, mais Fergus rêvait de pouvoir construire un vrai foyer dans la réalité. Un lieu qu'il partagerait avec Eirin et Sybille, s'ils survivaient à tout ça. Tandis qu'Eirin allait s'installer dans le fauteuil à bascule après s'être changée rapidement, Fergus s'affaira à préparer les breuvages chauds et sucrés. Il tendit une tasse à la sorcière et s'assit près d'elle. Ils gardèrent un moment le silence savourant ce bref instant de répit, puis Fergus l'interrogea.

— Crois-tu qu'Enora comprendra que nous sommes derrière l'arrivée des réfugiés ?
— La connaissant elle va d'abord paniquer devant les responsabilités qui vont s'ajouter sur ses épaules, mais quand elle aura enfin digéré, elle comprendra rapidement qu'il s'agit de nous. Après tout, vu les indices que l'on sème, cela paraît évident.
— Tu as toujours besoin de la rabrouer ? s'étonna le druide.
— Et toi de la défendre ? se rebiffa Eirin.

Lisant la tristesse sur le visage du druide, elle soupira et s'excusa :

— Pardonne-moi. Mes vieux démons ressurgissent avec la fatigue. Je ne suis pas une bonne sorcière Fergus.
— Mais tu n'es plus une mauvaise sorcière non plus, la contredit-il. Sinon, tu ne te soucierais pas de Sybille ni de ces métamorphes.
— Je le fais pour préserver l'équilibre, se renfrogna-t-elle.
— Vraiment ? insista le druide.
— Que veux-tu que je te réponde ? Que j'ai encore des sentiments à l'égard de mes sœurs ? Qu'il me tarde de retrouver Sybille ? Je ne regrette aucun de mes choix, tu le sais.
— Et quels seront les prochains dans ce cas ? Vas-tu répondre à l'appel d'Enora ?
— Je ne comprends pas ce que signifie son appel. Elle sait pourtant que je porte la marque d'Alistair et donc que Sybille est en danger lorsque je suis là. Elle a dû comprendre qu'elle est une prophétesse désormais et je ne doute pas que lorsqu'elle aura vu les métamorphes, elle fera le lien avec nous et Alistair.
— Pourquoi ne pas lui dire les choses clairement ?
— Parce que nous ne sommes même pas certains de comprendre ce qu'il se passe ! Je ne sais pas ce que veut Alistair, je ne le sais plus. Je ne suis plus sa compagne, je te le rappelle. Il convoite la magie des métamorphes depuis qu'il a vu ce dont Enora était capable en se changeant en chatte.
— Mais à ton avis, pourquoi se focalise-t-il sur les métamorphes du Canada ?

— Sûrement parce qu'ils possèdent des capacités particulières, réfléchit la sorcière en se calmant progressivement.
— Sybille me manque, murmura Fergus.

La surprise se lut dans les yeux d'Eirin. Elle ne s'attendait pas à un tel aveu, surtout dans leur conversation. Elle regarda le druide qui était devenu son compagnon d'infortune. Elle connaissait les sentiments qu'il éprouvait à son égard. Elle-même n'était pas indifférente et partageait sa couche. Si au début elle pensait tromper sa solitude, elle s'était vite aperçue qu'elle se mentait à elle-même concernant sa relation avec le druide. Il était le premier homme à la respecter, à faire preuve de douceur et à accepter sa part d'ombre sans émettre de jugement. Il prenait en compte son avis et ne se servait pas d'elle comme l'avait fait Alistair. Lorsqu'ils avaient recueilli Sybille, ils étaient devenus une famille et elle avait adoré cette parenthèse. Mais son passé l'avait bien vite rattrapé et ils n'avaient eu d'autres choix que de confier Sybille à Enora.

La dreamcatcher représentait tout ce qu'Eirin détestait. Parce qu'elle-même n'avait pas été choisie pour avoir le don, parce qu'Enora avait mis du temps à l'accepter et à exploiter sa magie, puis elle était devenue puissante sans être arrogante. Elle avait gardé sa réserve et n'en était que plus admirable, surtout après les sévices que lui avait infligés Alistair. Eirin savait pertinemment que ce n'était pas Enora la responsable du massacre de sa famille. Elle en cherchait toujours la cause aujourd'hui et si elle avait longtemps cru qu'Alistair l'aiderait à se venger elle avait ensuite découvert qu'il la désirait justement parce qu'elle était la dernière représentante des corbeaux. La dernière possédant un pouvoir qu'il convoitait.

Elle ne s'en était pourtant jamais servi, refoulant au plus profond d'elle-même sa nature de chaman, jusqu'à sa transformation en banshee qui lui avait fait revivre le meurtre de ses parents et de son clan. Puis il y avait eu l'appel d'Enora. Elle ne comprenait pas comment elle avait pu la contacter alors qu'elle n'appartenait plus au coven. C'était Fergus qui, possédant un vaste savoir en tant que druide, avait émis l'hypothèse qu'Enora avait contacté sa part chaman. Ce qui était absurde ! Elle ne partageait même pas l'esprit d'un corbeau. Elle avait toujours nié cette partie de son héritage et après les actes qu'elle avait commis, elle en était devenue indigne.

Elle se laissa aller contre le dossier du fauteuil et ferma les yeux.

— Elle me manque aussi, avoua-t-elle finalement tandis qu'une larme roulait sur sa joue.

Ils retournèrent ensuite dans le monde onirique afin de récolter des informations sur les prochaines cibles d'Alistair auprès de leur réseau d'informateurs. Depuis la mort du chasseur, le Sidhe traversait une période trouble. La frontière des limbes n'existait plus si bien que les esprits erraient sans pouvoir accéder au niveau qu'ils devaient rejoindre. Les démons et les bannis allaient et venaient librement dans les limbes et le monde onirique. Seul le niveau des anges restait sauf. Ils n'avaient pas revu Alistair, mais celui-ci avait des espions partout. Sa mort avait déclenché une sorte de sécurité magique qui avait déverrouillé un sort visant à détruire la frontière entre le niveau des démons, les limbes et le monde onirique. Dormir représentait un danger de chaque instant pour ceux qui n'étaient pas protégés. Alistair focalisait son attention sur Salem et le continent américain néanmoins Eirin ne doutait pas qu'il élargirait son influence sur le monde entier s'il parvenait à atteindre le niveau des anges. Si la frontière avec les anges disparaissait, alors il n'y aurait plus aucun rempart entre le Sidhe et la réalité. Les esprits errants de l'autre côté se retrouvaient bloqués et contribuaient à fragiliser l'équilibre. La mort ne pouvait subsister trop longtemps dans le monde réel. Le Sidhe était un lieu de régulation pour les âmes qui devaient s'élever et renaître sous une autre forme. Ils apprirent que deux chamans avaient rejoint le coven d'Enora, représentant respectivement le clan des aigles et celui des cerfs, ce qui confirma l'hypothèse de Fergus concernant l'appel ressenti par Eirin.

Après quelques jours de réflexion et après avoir organisé plusieurs convois de métamorphes : des renards polaires, des ours, mais aussi des chouettes, des hiboux et même des coyotes, Eirin accepta de contacter Enora. Elle se confina alors dans le paysage qu'elle partageait avec Fergus. Ces lieux étaient encore protégés d'Alistair et leur permettaient de s'y dissimuler lorsque le danger les approchait de trop près. Ils s'installèrent dans le séjour après avoir repoussé la table afin de tracer une rune sur le sol. Fergus ouvrit son esprit à sa compagne qui puisa dans son pouvoir de druide pour attirer l'attention de la dreamcatcher et la faire venir à eux. Plusieurs minutes s'écoulèrent avant qu'Eirin ne ressente l'arrivée d'Enora. Fergus ouvrit la porte de son paysage à la dreamcatcher et celle-ci s'y engouffra prudemment. Le druide verrouilla l'accès et se releva. Eirin était déjà debout affrontant du regard celle qui fut sa sœur. Le regard de Fergus passa de l'une à l'autre puis il fit un pas en arrière avant de s'adresser à Enora.

— Bienvenue, Enora. Tu es dans mon paysage onirique ici et donc sous ma protection. Vous avez beaucoup à vous dire. Je serai dehors si vous avez besoin de moi, finit-il en lançant un regard appuyé à Eirin.

Celle-ci hocha la tête puis tenta d'adopter une attitude moins agressive. Enora sembla remarquer l'effort et ses épaules se détendirent. Lorsqu'elles furent enfin seules, la dreamcatcher attendit qu'Eirin prenne la parole. Des sentiments contradictoires se disputaient dans le cœur de la jeune femme. Après de longues minutes de silence et voyant que le malaise d'Eirin grandissait, Enora baissa les armes et prit la parole.

— Sybille va bien, commença-t-elle. Elle est formidable ! Vive, intelligente ! Elle sait se faire aimer de chacun. Nous avons découvert son don. Elle est une prophétesse, mais je suppose que tu le savais déjà. Nous

avons commencé sa formation de sorcière après sa première prédiction proférée au manoir. Vous lui manquez beaucoup et elle attend impatiemment votre retour, acheva-t-elle d'une voix neutre.
— Merci, répondit simplement Eirin.

Entendre que sa petite protégée se portait bien lui enlevait un poids du cœur. Si Sybille l'avait tout de suite désignée comme étant sa mère, Eirin avait eu plus de difficultés à accepter l'idée d'adopter l'enfant. Tout avait été si rapide et brutal. Pourtant, elle avait su se frayer un chemin vers le cœur d'Eirin et de Fergus. Elle avait eu cet air résolu de celle qui sait, et ils avaient compris par la suite d'où leur venait cette impression lorsque sa magie s'était manifestée. Inconsciemment, elle avait pressenti ce qui arriverait à sa mère puis le destin lui avait montré vers qui elle pourrait se tourner. Elle avait choisi d'elle-même ensuite sa nouvelle famille. Eirin relâcha sa posture hostile et proposa à Enora de s'asseoir sur l'un des fauteuils. Elle s'installa face à elle prête à discuter.

— Pourquoi m'as-tu appelée ? Tu sais le risque que cela représente pour Sybille si je me rapproche d'elle. Alistair ignore son existence et il faut que cela continue.
— Nous avons découvert qu'il existe des gardiens de l'équilibre entre le Sidhe et le monde réel. Pour faire court, le cromlech de Danann est composé de six menhirs sur lesquels figurent six symboles : un loup, un aigle, un cerf, la triquetra, le dreamcatcher et un corbeau. Lorsque j'ai mis ma main avec un peu de mon

sang sur mon symbole, l'appel a été lancé, expliqua Enora sans trahir ses émotions.

Eirin resta interdite et laissa errer son regard sur l'intérieur de la chaumière assimilant ces informations puis elle reporta son attention sur Enora.

— Alors c'est pour cela que deux chamans porteurs des esprits de l'aigle et du cerf vous ont rejoints ?
— Comment le sais-tu ? s'étonna Enora, surprise.
— Je ne peux plus vous surveiller si c'est cela qui t'inquiète. En revanche, nous avons formé un réseau d'espions qui nous permet de rester au fait des choses du monde.
— Alors tu sais que nous avons besoin de ton aide pour compléter le cercle.
— Je ne suis pas sûre de comprendre…
— Darren et Aïdan, ce sont les chamans qui nous ont rejoints, m'ont expliqué que pour pouvoir atteindre Alistair maintenant que nous avons vaincu sa forme physique, il faut que je puise dans la magie du coven et dans celle des gardiens, donc celle des chamans. Tu n'es pas sans savoir que chaque clan de chaman possède un don particulier et la magie du corbeau est la seule à pouvoir atteindre Alistair.
— Tu n'es pas en train de me dire que…
— Le coven compte désormais deux nouveaux membres et il ne manque plus que toi et Sybille pour le compléter et nous permettre de venir à bout d'Alistair. J'aurais

pu lier Sybille à nous, mais je ne le ferai jamais sans ton accord. Tu es sa mère à présent, termina Enora.

Eirin la regarda les yeux agrandis par l'incrédulité. Elle prit le temps d'assimiler ce que lui demandait la dreamcatcher. Une sensation qu'elle n'avait pas ressentie depuis longtemps s'empara d'elle en même temps qu'elle éclatait de rire. Les spasmes secouèrent tout son corps devant l'incongruité de la situation. Enora resta interdite tandis qu'Eirin essuyait les larmes sur ses joues tant elle avait ri.

— Tu n'es pas sérieuse, j'espère ? s'exclama-t-elle en reprenant son souffle. Tu crois sérieusement que je vais accepter de devenir membre de ton coven ? Sous ta coupe ?
— Eirin… commença Enora en soupirant.
— Non, non attends ! s'exclama Eirin en se levant et en faisant les cent pas dans la pièce. Après tout ce qu'il s'est passé, après la mort d'Ariane, ma liaison avec Alistair, ce que j'ai fait à Elissa, tu crois sérieusement être capable de me pardonner ? Et tu penses que, puissante comme je le suis, je vais accepter de me soumettre à toi ?
— Tu racontes n'importe quoi, assena Enora d'une voix ferme qui laissa Eirin muette. Il n'est pas question de faire table rase du passé, mais de s'unir pour détruire Alistair. Nous n'oublierons jamais ce que tu as fait, tout comme toi tu ne peux l'oublier, mais nous faisons tous des erreurs.

— Des erreurs ? La mort d'Ariane tu appelles ça une erreur ? s'emporta la sorcière.
— C'est Alistair qui l'a tuée pas toi.
— Par ma faute !
— Oui, mais pas uniquement. Nous avons tous notre part de responsabilités, moi la première. Si j'avais été plus à l'écoute de mon instinct, si je m'étais préoccupée de ma formation de sorcière, cela aurait peut-être changé la donne, j'aurais pu sentir les craintes d'Ariane. Nous étions un coven, nous étions responsables de nos actes. Nos sœurs, bien que manipulées, auraient pu tenter de voir les choses autrement, de se rebeller. Tu n'as pas le monopole de la culpabilité !

Enora se leva à son tour et elles s'affrontèrent du regard. Jamais, Eirin n'aurait pensé entendre ces mots dans la bouche d'Enora. Au fond d'elle, elle ressentit une forme de soulagement. Le fait de savoir qu'elle n'était pas la seule à se remettre en question l'apaisait.

— Et pour information, dans notre coven, personne n'est au-dessus de qui que ce soit. Nous possédons chacun des dons et nous nous complétons, mais nous sommes libres de nos choix tant qu'ils ne nuisent à personne.
— C'est beau, tu vas me faire pleurer ! s'énerva Eirin. Mais dis-moi, si je rejoins ton coven alors je pourrai accéder à vos pouvoirs ! Tu ne crains pas que je m'en serve contre vous ?

— J'y ai pensé c'est vrai, après tout tu l'as déjà fait. Mais tu n'es plus la même que l'Eirin qui nous a trahies répondit sincèrement la dreamcatcher.
— Vraiment ? Et qu'en sais-tu ?
— Tu es mère à présent et tu feras ce qu'il faut pour protéger ton enfant.
— Tu... Comment oses-tu utiliser Sybille contre moi ? C'est du chantage !
— Appelle cela comme tu veux, mais cesse de faire l'enfant ! Toi qui m'as toujours reproché mon égoïsme, arrête de ne penser qu'à toi.

Eirin sentit la colère affluer à nouveau. Alors qu'elle s'apprêtait à fondre sur Enora, Fergus entra dans la chaumière et resta interdit devant les deux sœurs qui se défiaient du regard.

— Hum, je crois que tout le monde devrait se calmer ce n'est pas le moment de faire exploser le seul endroit qui nous dissimule aux yeux d'Alistair !
— Tu n'as qu'à voir ça avec la dreamcatcher, elle sait tout mieux que tout le monde ! J'en ai assez entendu je m'en vais !
— Eirin, tenta le druide.

Mais elle sortit en trombe et claqua la porte sur eux. Le druide se tourna vers Enora qui soupira et le regarda d'un air navré. Elle lui expliqua ce qu'il s'était passé et les raisons de son appel. Pendant ce temps, Eirin parcourut les quelques mètres du paysage de Fergus. Elle tapa rageusement dans une pierre qui vola dans les fourrés. Cet endroit qui les protégeait lui faisait soudain l'effet d'une prison. Elle ne pouvait se rendre dans son propre paysage au risque de s'exposer à Alistair. Les mots d'Enora résonnaient dans son esprit. Le destin avait un curieux sens de l'humour ! Reformer le coven qu'elle-même avait détruit ? Cette histoire de gardiens était ridicule ! En plus, il y avait une faille dans le plan d'Enora : elle n'était pas une chamane et ne partageait pas son corps avec l'esprit d'un corbeau. L'image de Sybille lui revint et les larmes affluèrent. Des larmes de colère, de frustration, mais aussi d'une peine plus profonde. Elle qui s'enorgueillissait de ne pas regretter ses choix et d'assumer la route qu'elle avait empruntée malgré les erreurs, se sentait soudainement bien stupide. Elle comprenait enfin le sentiment qui voilait constamment le regard de Fergus. Le regret de ne pouvoir corriger ses erreurs et rendre la vie qu'il avait volée. Il se sentait indigne d'être aimé et s'était persuadé qu'Eirin le quitterait une fois Alistair vaincu. Elle inspira et expira plusieurs fois pour reprendre le contrôle de ses émotions. Elle rebroussa chemin et retourna vers la chaumière dans laquelle elle entra sans plus s'annoncer. Elle vrilla son regard dans celui d'Enora et déclara simplement.

— Je suis d'accord pour que Sybille rejoigne votre coven, elle aura besoin de protection et vous lui offrirez ce dont elle a besoin pour devenir une sorcière accomplie. Pour ma part, notre collaboration s'en tiendra à ce qu'elle est actuellement.

Puis elle partit se réfugier dans la bibliothèque qui était

devenue pendant un temps la chambre de Sybille. Fermant la porte derrière elle, elle s'assit sur le petit lit qui occupait l'angle de la pièce et s'allongea dans les draps en attrapant une poupée de chiffon. Sybille avait exactement la même. Fergus avait reproduit celle de l'enfant pour la lier à eux et veiller sur elle. Les larmes roulèrent silencieusement sur ses joues et elle s'endormit, le cœur brisé.

Le druide promit à Enora de parler à Eirin et d'essayer de lui faire entendre raison. Il lui ouvrit à nouveau l'accès afin qu'elle puisse retourner chez elle en toute sécurité. Il se rendit ensuite auprès d'Eirin. Son cœur se serra en voyant sa compagne endormie, les cheveux en bataille et les joues striées de larmes. Il s'approcha et lui caressa le visage. Il ne connaissait que trop bien les troubles qui agitaient l'âme de la sorcière. Pour la première fois depuis son bannissement dans le Sidhe, il s'adressa à la déesse pour apporter la paix à celle dont il était tombé amoureux.

Chapitre VII

Août 1692, Enora

Je terminai de préparer le trousseau prévu pour les nouveaux arrivants puis j'allai le déposer dans la charrette qui attendait patiemment devant le manoir. Le cocher me sourit et retourna vers Salem poursuivre sa mission. Les arrivées de réfugiés avaient été nombreuses après celle des renards polaires. Une semaine s'était écoulée et les premiers arrivants s'étaient installés plus haut dans la forêt des chamans. Les suivants étaient arrivés par groupe de trois ou cinq maximum et nous les avions installés à l'auberge de Salem. Une chaîne de solidarité fut rapidement mise en place. Les humains accueillaient les réfugiés et les répartissaient sous la supervision d'Aloys et d'Aldric dans les logements et chambres pouvant les accueillir. Quant à mes sœurs et moi, nous avions eu l'idée de constituer des trousseaux contenant des objets de première nécessité comme du linge, des vêtements, des couvertures. Eowyn et Elissa avaient confectionné un coffret avec d'un côté des herbes médicinales et de l'autre des petites douceurs réconfortantes. Installées au manoir, nous n'avions eu de cesse de préparer ces paquets qui étaient ensuite acheminés tantôt vers Salem, tantôt vers la forêt. Les attaques de démons se faisaient plus rares ce qui nous avait permis de passer davantage de temps auprès des réfugiés, pour avancer dans la construction du campement et pour recueillir leurs témoignages. Nous qui n'avions jamais voyagé, nous étions heureuses de rencontrer des métamorphes aussi divers. Des ours, des chouettes, des hiboux et même des coyotes étaient venus à nous. Aldric était particulièrement attentif à ces derniers qu'il disait très intelligents, mais aussi facétieux… Nous avions pu mettre en pratique également l'emploi du temps de Sybille qui s'épanouissait entre ses leçons de magie et ses jeux avec les enfants métamorphes. Voir ces derniers jouer ensemble sans tenir compte de leurs natures différentes représentait pour nous un véritable espoir pour l'avenir.

    Je refermai la porte du manoir et allai me servir de l'eau dans la cuisine. Je laissai mon regard errer à travers la fenêtre. La journée s'achevait déjà. Eowyn s'était rendue au dispensaire du village tandis qu'Elissa était rentrée auprès de sa famille. Mes pensées me ramenèrent auprès d'Eirin. Elle et Fergus m'avaient contactée la nuit précédente. Nous savions désormais que c'était bien eux qui nous envoyaient les réfugiés. D'après Darren et Aïdan, Alistair pourchassait tous les métamorphes possédant des prédispositions pour traverser les mondes. Selon Aldric, c'était une théorie intéressante, mais cela voudrait dire qu'il pourrait s'en prendre à d'autres créatures. L'image des vampires de Pennsylvanie nous était venue, mais nous avions vite repoussé cette éventualité. Il fallait être fou pour s'aventurer dans le domaine des vampires. Ils vivaient selon leurs propres règles, bien loin de nos traditions.

Il y avait aussi le peuple des Faes, mais là encore, s'adresser à eux serait une folie. Restaient donc les métamorphes, druides et autres covens de sorciers. Je soupirai en avisant Sybille qui remontait le chemin avec Kaelan. Eirin qui m'avait pourtant donné son accord pour lier la petite au coven, refusait, quant à elle, de nous rejoindre. Après en avoir parlé avec le groupe, Aïdan avait soulevé un point intéressant : le fait qu'Eirin déclare ne pas être liée à l'esprit d'un corbeau. Pour lui, c'était impossible. Même métissée, elle était forcément née avec l'âme d'un de ces oiseaux autrement elle n'aurait pas survécu. Pour lui, il fallait la contraindre à ne plus refouler sa véritable nature en comprenant ce qui créait ce blocage.

En attendant de trouver la solution, je m'affairai à préparer le dîner tandis que Kaelan et Sybille entraient dans la maison. J'esquissai un sourire tandis qu'ils m'embrassaient tous les deux puis les regardaient monter à l'étage avec tendresse. Le temps que Kaelan s'occupe du bain de Sybille, je pus mettre le couvert et disposer les plats sur la table. Ils redescendirent peu de temps après et nous savourâmes ce repas en discutant des progrès de Sybille et de ses nouveaux amis. Elle ne tarda pas à bâiller et à somnoler, si bien que je montai la mettre au lit pendant que Kaelan débarrassait la table et rangeai la cuisine. J'en profitai pour prendre un bain à mon tour et revêtir une simple robe longue avant de rejoindre mon compagnon dans le salon où il m'attendait avec une tisane. Je m'installai près de lui dans le canapé et me laissai aller contre son torse en buvant lentement le breuvage.

— À quoi penses-tu ? demanda-t-il, en sentant mon trouble.
— À Eirin et à ce qu'a dit Aïdan.
— Connaissant Eirin, cela va être difficile de lui faire entendre raison.
— C'est sûr, mais peut-être que Fergus peut nous y aider, il m'a promis d'en discuter avec elle. Nous n'avons pas d'autres solutions pour atteindre Alistair, si nous n'agissons pas, il sera trop tard.
— Quels sont les prochains sabbats ? réfléchit Kaelan.
— Mabon et Samhain pourquoi ?
— Alors cela fera un an à Samhain qu'Alistair est revenu, déclara-t-il.

J'accusai le coup prenant conscience qu'il disait vrai. Un an que tout avait commencé. La mort d'Enya, notre rencontre puis les pertes et les trahisons qui s'étaient enchaînées. Samhain correspondait également à la nouvelle année pour le calendrier des sorciers.
— Alors c'est à Samhain que tout se jouera, dis-je pensivement. À chaque fois qu'il est passé à l'action, cela correspondait à la date d'un sabbat. En plus à Samhain le voile entre le Sidhe et notre monde, se lève ce qui lui permettrait de venir. Peu importe qu'il acquière la capacité de se rendre dans notre monde, il sait pertinemment que rien ne l'en empêchera lors de Samhain.

Il essaie de détourner notre attention en attaquant les métamorphes et, pendant ce temps, il poursuit son travail de sape dans le Sidhe. D'après Fergus, seule la frontière des anges résiste encore, mais si elle tombe avant Samhain...
— Le chaos arrivera lorsque le voile se lèvera, termina Kaelan en grondant.
— Il nous reste deux mois pour agir. Alistair connaît Eirin aussi bien sinon plus que nous. Il savait que, quoiqu'il se passe, jamais elle ne remonterait le chemin de ses origines. La clé ce n'est pas Sybille, mais elle ! réalisai-je enfin.
— En un sens, Sybille reste la clé puisqu'elle est peut-être la seule à pouvoir faire changer d'avis Eirin, reprit Kaelan.
— Non, j'ai déjà joué cette carte, elle s'est renfermée davantage.
— En es-tu certaine ?

Je me redressai pour le regarder dans les yeux.

— Eirin est intelligente, reprit-il. Lorsqu'elle a compris le danger que représentait Alistair, elle s'est détournée de lui. Elle n'a pas hésité à se séparer de Sybille pour la protéger. Peut-être faut-il lui laisser un peu de temps.
— Mais du temps nous n'en avons pas, ripostai-je.
— N'oublie pas qu'elle vit dans le monde onirique, une journée pour elle, équivaut à plusieurs pour nous. On peut bien lui laisser quelques jours pour se faire à cette idée avant de la relancer.

— Et si nous commettions une erreur ? Si elle se retournait contre nous ?

— Si tu ne crois pas en elle, comment veux-tu qu'elle te fasse confiance ? murmura Kaelan sans jugement.

Je réfléchis à ses paroles et me laissai aller contre lui. Nous nous endormîmes dans le salon, emportés par nos pensées.

Au matin, nous nous séparâmes après un rapide déjeuner. Kaelan remonta à la clairière tandis que j'accompagnai Sybille au village. Elle sautillait gaiement autour de moi tandis que nous progressions jusqu'aux remparts en bois qui ceignaient le village. Nous entrâmes après avoir salué les vigiles qui assuraient la surveillance nuit et jour, puis nous progressâmes vers le nord du village pour nous rendre à l'auberge où résidaient les réfugiés. Je laissai Sybille auprès d'Eilin qui venait d'arriver, accompagné d'Aldric. Je fis un crochet au dispensaire où je trouvai Eowyn en pleine discussion avec Aïdan. Ils débattaient à propos d'un remède confectionné par ma sœur et pour lequel le chaman pensait apporter des modifications. Me sentant approcher, il s'interrompit et recula d'un pas. Je retins un sourire et fis comme si je n'avais rien vu. Eowyn me rejoignit pour me présenter les derniers réfugiés arrivés la veille. Il s'agissait d'un couple et de leurs deux enfants. Une famille de métamorphe pouvant se changer en hibou. Les petits étaient fragiles avant leur dixième anniversaire et la marche qu'ils avaient effectuée pour nous rejoindre les avait épuisés. Heureusement, Eowyn était la meilleure guérisseuse de la région et les enfants étaient entre de bonnes mains. Après avoir discuté brièvement, nous les laissâmes et je m'apprêtai à en faire de même avec ma sœur quand le chaman proposa de m'accompagner. Un voile de déception passa fugacement dans le regard de ma sœur, mais elle ne broncha pas. Je quittai donc le dispensaire en compagnie d'Aïdan. Nous marchâmes silencieusement jusqu'à la sortie du village, il me proposa de nous rendre au cromlech de Danann. Bien que surprise, j'acceptai néanmoins. Lorsque nous entrâmes dans le cercle, il se tourna vers moi.

— Bien. Nous n'avons pas pu nous entretenir depuis que vous nous avez acceptés au sein de votre coven. Votre sœur m'a expliqué la situation quant au corbeau.
— Eirin, l'interrompis-je. Elle s'appelle Eirin et non le corbeau.

Aïdan esquissa un sourire et reprit :

— C'est là où je veux en venir. De ce que je sais d'elle, elle n'a développé que son côté sorcière, or le corbeau fait partie d'elle, peu importe ce qu'elle en pense. J'aimerais vous montrer quelque chose si vous me le permettez.

Intriguée, je hochai la tête. Aïdan s'éloigna de quelques pas puis il disparut une fraction de seconde dans un brouillard étrange qui dévoila un cerf aux bois d'or lorsqu'il se dissipa. Bouche bée, je l'observai sans cacher mon admiration pour sa beauté. Je m'approchai doucement et l'interrogeai du regard. Il s'avança à son tour et je me permis de déposer la main sur son front où une tache blanche s'étalait dans son pelage fauve flamboyant. Il possédait cette marque en tant qu'ancien chef de clan comme Kaelan avait la sienne sur le front. Il plongea ses yeux ambrés dans les miens et sa voix résonna dans ma tête :

— *Enora, me faites-vous confiance ?*
— *Oui, répondis-je sans hésiter par télépathie.*
— *Prenez votre autre forme dans ce cas et suivez-moi.*

Intriguée, j'obtempérai tout de même en appelant ma magie. Il ne me fallut que quelques secondes pour revêtir ma forme de chatte. Je m'étirai pour sentir chacun de mes muscles rouler sous ma fourrure. Je remontai ensuite jusqu'au regard du cerf qui secoua la tête. Il frappa le sol de sa patte et un vortex se forma. Je l'observai alors qu'il disparaissait dans le tourbillon. J'hésitai avant de me lancer à sa suite. La traversée fut étrange et rapide. Nous émergeâmes au-dessus du vortex au cœur d'une forêt qui ressemblait à celle de la meute de Lycaon. Interdite, je lançai un regard interrogateur vers le cerf, mais il m'ignora et avança plus profondément dans la canopée. N'ayant pas d'autres options, je le suivis, appréciant la sensation de l'humus sous mes pattes. Nous progressâmes un long moment jusqu'à atteindre une clairière au cœur même de la forêt. Le cerf s'arrêta et, dissimulé dans les fourrés, il m'invita à venir à ses côtés. Je dénichai un léger trou dans le feuillage du bosquet derrière lequel nous étions et reportai mon attention sur ce que le chaman semblait vouloir me montrer.

Je me figeai en contemplant le spectacle qui s'offrait à nous. Une dizaine de personnes étaient agenouillées, formant un cercle autour d'un couple également à genou. L'homme à la longue chevelure brune se tourna vers sa compagne qui lui déposa un nourrisson dans ses bras. Les personnes qui les entouraient entamèrent une litanie douce et entraînante. Le soleil se couchait et la lune débutait son ascension. L'homme déposa un baiser sur le front de l'enfant et le tendit vers le ciel tandis que la femme joignait ses mains à son tour. Quelques minutes passèrent et un rayon de lumière toucha le nourrisson et l'auréola d'un cocon doré. Une forme éthérée se matérialisa. D'abord flous, ses contours se dessinèrent pour dévoiler un cerf aux yeux d'ambre. Le nouveau-né ouvrit ses yeux et tendit la main vers l'esprit qui se fondit en lui. Des bois d'or apparurent sur le front du bébé avant de disparaître. Le rituel accompli, le père tint son enfant contre son cœur avant d'embrasser sa compagne.

Ils se tournèrent ensuite vers leurs proches qui s'étaient relevés et chacun les félicita tour à tour. Aïdan me toucha légèrement du bout du museau pour me faire signe de le suivre à travers un nouveau vortex. De retour dans notre époque, le chaman reprit forme humaine et je fis de même encore sonnée par cette étrange expérience.

— Qu'est-ce que c'était ? demandai-je n'osant y croire.
— Il s'agissait du moment où j'ai reçu l'esprit du cerf, dévoila enfin Aïdan. J'avais à peine quelques heures, lorsque la cérémonie a eu lieu.
— Tous les cerfs de votre clan ont-ils des bois d'or ?
— Non, seulement ceux qui seront amenés à prendre la tête de notre clan. Seul l'un de mes fils a reçu des bois d'or. Ainsi je savais avant même qu'il ne me défie qu'il me succéderait.
— Vous n'êtes pas trop triste de les avoir quittés ?
— Un cycle s'achève et un autre commence. Ma première compagne, celle qui fut la mère de nos deux fils, est morte peu après avoir donné naissance à notre deuxième enfant. J'ai laissé les miens entre de bonnes mains et je suis là où je dois être pour continuer à assurer leur protection.
— Est-ce que cela se déroule toujours comme cela ? répondis-je en revenant sur ce qu'il m'avait montré.
— Pour les chamans de sang pur oui. L'esprit est associé peu après la naissance. Pour les enfants métissés c'est un peu différent. L'âme de l'enfant est fusionnée dès la conception à celle de son animal totem.
— Je ne comprends pas, bredouillai-je en songeant à Enaël puis à Eirin.
— Lorsque l'enfant est conçu, il hérite des deux natures de ses parents qui fusionnent pour former un nouvel être, expliqua-t-il patiemment.
— Alors Eirin et Enaël sont le résultat de la combinaison de leurs deux parents ce qui veut dire qu'Eirin est un corbeau comme Enaël est un loup.

— Exactement. Contrairement à Darren, Kaelan et sa meute, ou même moi, les esprits de nos totems sont liés à nous après la naissance donc directement sous leur forme adulte. Alors que, pour le petit Enaël, vous avez dû remarquer que son guide était un louveteau grandissant en même temps que lui.
— C'est pour ça que vous avez dit qu'Eirin n'aurait pu survivre si elle n'avait pas l'esprit du corbeau en elle, réalisai-je.
— C'est juste.
— Donc, en refoulant cette partie d'elle-même, c'est son corbeau qu'elle a muselé.
— D'après ce que nous savons, elle était enfant lors du massacre de son peuple. Le traumatisme a dû briser quelque chose en elle. Il vous faudra l'aider à surmonter ses blessures si l'on veut espérer bénéficier de son aide.

J'assimilai ses propos puis partageai avec lui notre théorie concernant la prochaine attaque d'Alistair à Samhain. Il approuva notre raisonnement et m'enjoignit à recontacter Eirin.

— C'est plus facile à dire qu'à faire, grognai-je. On voit que vous ne la connaissez pas. Elle est obstinée et si en plus elle est blessée profondément, alors elle préférera ruer comme un cheval fou plutôt que de se laisser harnacher !
— Ce n'est pas un hasard si vous pouvez revêtir la forme du chat, souligne-t-il.

— Je ne vois pas en quoi ma forme féline peut m'aider à convaincre ma sœur…

— Vous ne vous en rendez pas compte, mais vous la voyez encore comme votre sœur. Le chat n'obéit à aucune règle, il s'insinue derrière les barrières et les armures pour atteindre le cœur de sa cible. Trouvez Eirin et rappelez-lui ce que cela fait d'appartenir à une famille.

— Et si elle nous trahit encore ? murmurai-je les larmes aux yeux.

— Nous commettons tous des erreurs. Alistair est le seul responsable. Il a attisé la haine et la souffrance d'Eirin. Il a brouillé les pistes pour s'emparer du corbeau en elle à son insu. Elle ne sait probablement même pas que le corbeau a toujours été une partie d'elle-même. Le pardon n'est pas une route simple, mais il est indispensable pour construire l'avenir, acheva-t-il.

Émue, je lui souris sincèrement. Il me serra les mains en guise de soutien puis nous sortîmes du cromlech pour nous rendre à la clairière.

Alors que nous avancions à découvert, un vertige me surprit. Au moment où Aïdan s'inquiétait de mon état, un cri retentit derrière nous. Nous étions à mi-chemin entre le manoir et la forêt des loups. Je me tournai en m'appuyant sur le bras du chaman et vit avec horreur Eilin, Eléonor et Eowyn subissant une attaque de démons.

Sybille était prostrée au sol, inanimée. Je repris peu à peu contact avec la réalité et Aïdan, après s'être assuré de mon état, se précipita sous sa forme de cerf vers mes sœurs. Il embrocha deux démons et ses bois d'or devinrent sanguinolents. Je ne m'appesantis pas davantage et parcourus les mètres qui me séparaient de Sybille rapidement. Mes sœurs formaient une barrière entre elle et les démons, mais je ne comprenais pas ce qui avait pu se passer. Repoussant mes questions dans l'immédiat, je soulevai Sybille toujours inanimée dans mes bras et remarquai une blessure à sa tempe qui saignait légèrement. Je ne perdis pas davantage de temps et activai le lien du coven. Les loups ne tardèrent pas à nous rejoindre ainsi qu'Elissa et Aldric. D'autres démons étaient apparus, prenant la relève de leurs compagnons déjà occis. Eowyn fut grièvement blessée et Aïdan l'éloigna du combat en reprenant forme humaine. Darren empêcha un démon de les atteindre en lui crevant les yeux tandis qu'Aldric l'achevait en lui brisant la nuque. Voyant qu'ils géraient la situation je tentai de rejoindre Aïdan et Eowyn au manoir pour protéger Sybille. Alors que j'allais atteindre le perron menant à l'entrée protégée de la maison, Kaelan m'interpella et je me retournai à temps pour voir un démon fondre sur nous. Je fis glisser Sybille derrière moi et repoussai violemment l'adversaire. Je repris ensuite la petite pour la tendre à Aïdan. À l'instant où il la prit dans ses bras, un choc retentit dans mon dos. Interdite, je me retournai et vis avec horreur Eléonor faisant barrage de son corps entre un démon et moi. Un poignard était plongé dans son ventre. Alors que je me précipitai pour l'aider, le démon disparu emmenant ma petite sœur avec lui. Incrédule, j'observai l'espace où se tenait auparavant Eléonor. Les autres démons battirent en retraite et disparurent à leur tour, nous laissant à bout de souffle.

Chapitre VIII

Août 1692, Enora

Je n'arrivais pas à y croire. Un démon avait poignardé Eléonor et s'était éclipsé avec elle. Elle était vivante lorsqu'il l'avait emmenée, mais, désormais, je ne ressentais plus son lien. Cela pouvait être dû à un blocage magique, je refusais de penser qu'elle soit morte. Je me concentrai sur le présent, il ne fallait pas céder à la panique. Nous allions la retrouver, dussé-je parcourir le Sidhe en entier pour ça. La première chose qui me vint à l'esprit fut de m'assurer de l'état de Sybille. Je me retournai, ignorant mes sœurs et grimpai les marches vers l'entrée du manoir. J'y trouvai avec soulagement Aïdan veillant sur Eowyn et Sybille déposées chacune dans un canapé. J'avançai à sa rencontre et il répondit à ma question muette.

— Eowyn est sérieusement blessée. J'ai dû l'endormir pour accélérer sa guérison. Je vais aller chercher de quoi lui faire un cataplasme pour éviter l'infection, mais elle va se remettre. Du repos et des soins réguliers

seront nécessaires pendant quelques jours, mais elle est jeune et solide.
— Et pour Sybille ? m'enquis-je en regardant l'enfant qui semblait endormie.
— Elle a reçu un choc émotionnel en plus du coup à la tête. Je ne sais pas ce qu'il s'est passé, mais je l'ai plongée dans le sommeil elle aussi pour que vous puissiez apaiser son esprit. Pour sa plaie à la tête, c'est impressionnant à voir, mais cela disparaîtra vite. Il faudrait que quelqu'un veille sur elles deux le temps que je prépare mes remèdes. Me permettez-vous d'utiliser les herbes de votre sœur ?
— Bien sûr, vous avez toute notre confiance vous le savez bien, répondis-je distraitement.

Eilin, Elissa, Aldric, Kaelan, Darren et Lyam nous rejoignirent. Ils nous apprirent que Tessa était rentrée à la clairière pour s'assurer de la sécurité des réfugiés et de Nissa restée auprès d'Enaël. Aldric et Aloys eux étaient retournés au village. Aïdan fit un rapide résumé de l'état d'Eowyn et de Sybille et partit rapidement pour mener à bien sa mission. Darren le suivit. Je me retournai alors vers mes sœurs.

— Que s'est-il passé ? demandai-je, en essayant de me contenir.
— Je l'ignore, répondit Eilin.
— Comment ça tu l'ignores ? éclatai-je. Sybille était censée être sous ta surveillance ! Elle devait rejoindre

Eowyn au dispensaire pour sa leçon après avoir joué un moment avec les enfants de l'auberge !

— Et c'est ce que j'ai fait ! riposta ma sœur en élevant la voix à son tour. Eowyn avait terminé sa leçon et elle devait raccompagner Sybille au manoir, je devais les rejoindre après avoir prévenu Aldric. J'arrivais à peine à la sortie du village quand je les ai vus se faire attaquer par les démons !

— Eléonor et moi étions en route pour le manoir à ce moment-là. Sybille a voulu s'interposer entre Eowyn et un démon qui arrivait derrière notre sœur, mais le démon l'a frappée à la tête. Il n'a pas utilisé ses pouvoirs contre elle, la jugeant sans doute inoffensive. Je ne pense pas qu'ils aient perçu sa véritable nature, intervint Elissa d'une voix apaisante.

Je tremblai de rage, mais ce n'était pas à Eilin que j'en voulais. Je me reprochais de ne pas être restée auprès de Sybille, je n'aurais jamais dû la laisser. Kaelan s'approcha de moi et me força à le regarder :

— Tu n'aurais pas pu empêcher cette attaque même si c'est toi qui avais été auprès de Sybille. Eowyn a fait ce qu'elle avait à faire pour la protéger au péril de sa vie, me rappela-t-il.

Réalisant que j'étais injuste, mes épaules s'affaissèrent et je lançai un regard d'excuse vers Eilin.

— Je suis désolée. C'est à moi que j'en veux, pas à vous. J'ai eu si peur pour elle.

Ma voix se cassa et je me détournai. Eilin s'approcha de moi et me prit par les épaules.

— Nous avons toutes eu peur, nous l'aimons tous. Elle fait partie de notre famille.
— Tu as raison… et en parlant de famille, nous devons ramener nos sœurs à la maison, déclarai-je en me ressaisissant.
— Nos sœurs ? reprit Elissa sans comprendre.
— Eléonor et Eirin.

Aïdan arriva sur ces entrefaites avec Darren et ils nous congédièrent afin de prendre soin de nos blessées. N'ayant pas d'autres options, nous nous installâmes dans le patio et je pris le temps de leur expliquer où j'étais ce matin. Kaelan et Lyam hochèrent la tête lorsque j'expliquai à mes sœurs comment l'esprit de leurs animaux totems entrait en eux après la naissance et ils furent fascinés d'apprendre la différence avec un enfant métis comme pour Enaël ou Eirin. Je sentis le regard insistant de mon compagnon et je sus que l'idée de nos futurs enfants avait traversé son esprit. Je fis mine de ne pas y avoir songé et leur expliquai ce que je comptai faire pour Eirin. Eilin et Elissa restèrent longuement silencieuses, puis l'empathe reprit la parole.

— Si je résume la situation, pour vaincre Alistair nous devons nous fier à Eirin et l'accepter parmi nous malgré tout ce qu'il s'est passé ?

— Je n'agirai pas sans votre accord, l'assurai-je. Si vous ne pensez pas pouvoir lui pardonner et lui faire confiance à nouveau, nous trouverons un autre moyen que de la faire entrer dans le coven.
— Et toi ? demanda Eilin. Après tout ? C'est à toi qu'elle a causé le plus de tort, elle s'est servie de nous, mais c'est toi qui as subi sa colère toutes ces années.

J'inspirai profondément en fermant les yeux. Je me massai les tempes pour tenter de faire disparaître la migraine qui menaçait de m'assommer puis je répondis.

— Je ne pense pas que nous soyons le fruit de nos seules erreurs. Nos parcours sont jalonnés d'épreuves et Eirin n'a pas été épargnée. Elle vivait étouffée par sa douleur et la colère était son exutoire pour survivre. Peut-être que si nous lui montrions une autre voie, elle serait capable d'avancer vers la rédemption. Je souhaite seulement lui offrir le choix.

Elissa et Eilin se regardèrent et gardèrent le silence quelques instants, puis elles acceptèrent enfin. Lyam me fit part de ses réserves et, pour lui, il ne serait pas question de lui faire confiance tant qu'elle n'aurait pas prouvé qu'elle avait changé et que sa loyauté nous était acquise. J'acquiesçai, parfaitement consciente qu'Eirin avait fait du mal autant aux chamans qu'à nous en tuant Adam et en s'en prenant à Elissa. Nous échangeâmes par la suite à propos d'Eléonor, puis Aïdan et Darren nous rejoignirent pour nous rassurer sur l'état de Sybille et Eowyn. Il fut acté que nous ne nous déplacions plus sans la compagnie d'un chaman ou d'Aldric. En effet, ils possédaient la capacité de s'éclipser d'un lieu à un autre et seraient plus à même de mettre mes sœurs en sûreté si une nouvelle attaque venait à se produire. Alors que nous allions nous concentrer ensuite sur l'organisation des recherches pour retrouver Eléonor, nous entendîmes deux coups sur la porte arrière du patio qui s'ouvrit sur Nissa. La jeune louve semblait hagarde. Ses yeux glissèrent sur nous et nous pûmes voir qu'elle avait pleuré. Lyam se leva d'un bond pour soutenir sa sœur et l'interrogea :

— Quelque chose est arrivé à Enaël ?
— Non, non, bredouilla-t-elle.
— Nissa regarde-moi, que fais-tu ici ? Pourquoi n'es-tu pas à la clairière ? insista son aîné.
— Je… Enaël est avec Tessa, elle m'a raconté ce qui s'était passé, l'attaque que vous avez subie.
— Lyam, intervint Kaelan. Laisse-là s'asseoir veux-tu !

Les deux loups installèrent leur sœur entre eux défiant, quiconque osait les éloigner d'elle alors qu'elle se trouvait visiblement soumise à une angoisse qu'ils ne comprenaient pas. Elissa et Eilin échangèrent un regard, mais ne dirent rien. Me sentant mise à l'écart, je fronçai les sourcils, mais m'adressai avec bienveillance à Nissa :

— As-tu été attaquée en venant ici ?
— Non, non pas du tout.

— Mais pourquoi es-tu dans cet état ! s'impatienta Lyam agacé de se sentir aussi impuissant face à la détresse de sa sœur.
— Lyam ! le rappela à l'ordre Elissa en posant sa main sur l'épaule de son mari. Celui-ci grogna, mais cela n'impressionna guère ma sœur qui raffermit sa prise.
— C'est Eléonor. J'ai senti qu'elle était blessée et Tessa m'a dit que les démons l'avaient emmenée ! Avez-vous une piste pour la retrouver ?
— Nous allions justement nous organiser, la rassurai-je. La chercher avec le pendule est inutile, je ne sens plus son lien avec le coven.
— Alors elle est morte ? s'écria la jeune oméga, laissant éclater sa douleur.
— Non ! Non, je suis certaine que non ! protestai-je.
— Mais tu viens de dire que tu ne la sens plus ?
— Elle était consciente quand le démon a disparu avec elle et si je ne la sens plus cela veut simplement dire qu'elle se trouve quelque part dans le Sidhe. J'ai même une idée d'où le démon va la conduire, expliquai-je. Si mon instinct ne se trompe pas, il l'emmène au château d'Alistair.
— Celui où tu as été retenue prisonnière ? Mais nous avions été incapables de le localiser ! reprit Eilin.
— Ce ne sera pas utile, je connais quelqu'un qui pourra nous y conduire, déclarai-je fermement.
— Eirin, comprit Elissa.

Je hochai la tête et achevai de les rassurer en leur indiquant que, si elle était morte, je l'aurais senti. Le lien qui nous unissait aurait été brisé et chacun des membres de notre assemblée aurait également pu en ressentir la perte. Cela tempéra quelque peu leurs inquiétudes même si je savais tous à quoi ils pensaient. Ils craignaient qu'Alistair ne torture notre sœur comme il l'avait fait avec moi. Je repoussai ces souvenirs pour ne pas perdre mon sang-froid. Je devais agir méthodiquement et rapidement. J'énonçai mon plan d'attaque à haute voix, puis nous nous séparâmes en fonction de la répartition de nos missions. Elissa et Lyam rentrèrent à la clairière avec Darren, Aïdan retourna veiller sur Eowyn tandis que Kaelan montait Sybille dans sa chambre. J'avais prévu de l'y rejoindre pour m'occuper d'apaiser son esprit avant de tenter de contacter Eirin et Fergus pour convaincre le corbeau de se joindre à nous, Eilin me lança un coup d'œil et m'indiqua par télépathie que Nissa était toujours assise, immobile. J'observai ma sœur avec surprise. Elle me poussa à aller voir la jeune louve sans m'en dire davantage tandis qu'elle montait à l'étage dans son appartement. Intriguée, je m'assis près de Nissa et lui pris la main.

— Nissa, ça va aller, je te promets que nous allons la ramener à la maison.
— Il va se servir d'elle, murmura-t-elle.
— Que veux-tu dire ?
— Alistair. Si les démons lui ramènent Eléonor, il va l'utiliser pour nous tendre un piège, peut-être même essaiera-t-il de s'approprier son don. En tant qu'oracle, elle serait un atout pour lui.
— C'est une éventualité, en effet.

— Nous devons vite la ramener ! reprit-elle en me serrant la main et en plongeant son regard éperdu dans le mien.

J'observai la jeune femme plus attentivement. Ses cheveux roux étaient tressés et retombaient dans son dos, ses yeux noirs étaient empreints de détresse. La vérité me frappa soudain et je me sentis idiote.
— Nissa, est-ce que Eléonor et toi…
— Oui, renifla l'oméga sans chercher à nier.
— Oh…

Je me sentis ridicule. Je n'avais jamais pensé que ma sœur ait pu avoir une liaison avec quelqu'un. Ce n'est pas le fait que ce fut avec une femme, mais plutôt que je la considérais encore comme étant trop jeune. Je me fustigeai intérieurement. Eléonor était adulte, je devais arrêter de la voir comme ma petite sœur fragile. Elle était forte et déterminée. Et visiblement amoureuse.

— Cela fait combien de temps ? demandai-je doucement.
— Quelques mois, avoua la louve. Cela s'est fait naturellement. Nous nous sommes tout de suite bien entendues en tant qu'amies et, peu à peu, notre relation a évolué. Enora, je ne supporterais pas de la perdre.
— Je te promets que nous la sauverons.

Elle hocha la tête et sécha enfin ses larmes. Je déposai un baiser sur son front puis lui proposai de rester dormir au manoir si elle le souhaitait, mais elle préféra rentrer à la clairière. J'insistai pour que Kaelan la raccompagne et elle finit par accepter. Je montai rejoindre mon compagnon dans la chambre de Sybille pour m'occuper d'elle. Je lui conseillai de prendre le temps de parler avec sa sœur une fois de retour à la clairière. Surpris, il ne me posa pas davantage de questions et rejoignit rapidement la louve.

Je toquai à la chambre d'Eilin pour lui demander si elle voulait m'accompagner auprès de Sybille. Elle sortait tout juste de la salle de bain et après s'être changée et coiffée rapidement, elle me rejoignit devant la chambre de notre filleule. Nous entrâmes doucement et nous nous plaçâmes de chaque côté de la petite prophétesse. Nous formâmes la triquetra en tenant nos mains puis en prenant chacune celles de Sybille de nos mains libres avant de fermer les yeux. Eilin se connecta par télépathie à mon esprit et observa silencieusement la suite du processus. Je poussai doucement la porte des rêves où se trouvait Sybille et reconnus le visage de sa mère biologique. Celle-ci serrait Sybille dans ses bras puis déposa un baiser sur son front avant de la laisser courir plus loin. Alors que je m'apprêtai à suivre Sybille, sa mère m'interpella :

— Vous êtes Enora, la dreamcatcher.

Ce n'était pas une question, aussi je me tournai vers elle, surprise de découvrir qu'il ne s'agissait pas d'une représentation créée par l'esprit de Sybille, mais bien de l'âme de sa mère qui s'adressait à moi.

— Oui et vous êtes Grace Warren, la mère de Sybille.
— Je suis heureuse de savoir que vous veillez sur elle, j'aurais tant aimé passer davantage de temps auprès de ma fille.
— Vous devez savoir que c'est ma sœur Eirin qui a la garde de Sybille. Nous, nous nous en occupons le temps de…
— Je sais tout ça, m'interrompt-elle, gentiment. Ne vous en faites pas, j'ai vu comment était Eirin avec Sybille et je sais qu'elle la protégera. Ensemble, vous lui offrirez tout l'amour que j'espérais lui donner. Mais vous devez l'aider. Elle craint les démons, il n'y a que vous pour le moment qui puissiez l'atteindre.

J'acquiesçai et elle me laissa rejoindre Sybille en s'évaporant dans un dernier regard empli de regrets. Je trouvai l'enfant cachée derrière des rochers tandis que l'image des démons qui nous avait attaqués la cherchait. Je m'approchai de la petite et m'agenouillai à sa hauteur.

— Sybille, je suis là. Tu n'as plus rien à craindre, les démons sont partis.

Elle leva son regard baigné de larmes vers moi et se jeta dans mes bras.

— J'ai peur, sanglota-t-elle. Ils ont fait mal à tata Eowyn et ils m'ont poussée. Je ne veux plus jamais les voir.

Je la berçai doucement contre moi puis essayai de la

rassurer sans lui mentir.

— Sais-tu pourquoi nous sommes des sorcières ?
— Parce qu'on a des pouvoirs ?
— Non pas exactement, répondis-je en souriant. Nous avons des pouvoirs qui font de nous des sorcières pour protéger ceux qui n'en ont pas des démons ou des mauvais sorciers. Je ne peux pas te promettre que tu n'en verras plus, mais je peux te garantir que nous t'apprendrons à te défendre et à te protéger. Tu seras une grande sorcière plus tard, Sybille, et tu n'auras plus à avoir peur d'eux. Aujourd'hui tu as été très courageuse en défendant Eowyn. Grâce à toi, elle ira bien, sa vie n'est pas en danger.
— C'est vrai ?
— Oui, approuvai-je en essuyant les larmes sur ses joues.
— Et s'ils reviennent ?
— Ceux-là ne reviendront plus et, dorénavant, tu seras sous la protection de deux d'entre nous à chaque instant.

Rassurée, elle accepta de se relever et regarda l'image des démons. Elle s'avança vers eux et les chassa d'un revers de main. Fière de son courage, je la regardai faire en restant un pas derrière elle pour lui montrer qu'elle n'était pas seule. Son rêve redevenu paisible, nous sortîmes ensemble main dans la main.

Lorsque j'ouvris les yeux, je regardai Eilin qui hocha la tête. Elle avait pu tout voir avec attention grâce à notre lien. Au moment où nous reportâmes notre attention sur Sybille, nous nous figeâmes. Ses yeux étaient entièrement noirs et à nouveau elle s'exprima d'une voix plus mature que la sienne.

— *L'étau se resserre sur les créatures magiques. Le chasseur est sur le point de s'emparer de la pierre du destin. S'il y parvient, ce sera la fin de tout. La dreamcatcher est la gardienne.*

Sybille ferma les yeux puis les rouvrit. Ils étaient à nouveau mordorés et elle nous souriait, ne se rappelant même pas de sa prédiction. Je lui rendis son sourire pour dissimuler mon inquiétude tandis qu'Eilin l'embrassait sur la joue. Je restai un peu en retrait me remémorant ses paroles. La pierre du destin, de quoi voulait-elle parler ?

Château d'Alistair, Eléonor

L'oracle attendit que les démons quittent le cachot où ils venaient de la déposer pour ouvrir les yeux. Elle se redressa en serrant les dents pour ne pas crier sous l'effet de la douleur. Lorsqu'elle avait vu le démon se jeter sur Enora, elle n'avait pas hésité une seconde à s'interposer. La vie de la dreamcatcher était plus précieuse que la sienne. Néanmoins, le fait que le démon l'ait ramenée ici ne présageait rien de bon pour elle. Elle se doutait de l'endroit où elle se trouvait. Elle pouvait sentir l'aura d'Enora qui imprégnait encore les lieux. Sa nouvelle demeure se résumait à trois murs de pierres froids et humides et une grille en fer forgé. Elle avait les mains libres. Son hôte ne devait pas craindre qu'elle s'échappe du fait de ses dons non offensifs, mais la grille était tout de même cadenassée. Eléonor eut un rictus douloureux tandis qu'elle comprimait sa plaie. Elle ne connaissait pas les projets d'Alistair la concernant, mais si toutefois il voulait lui parler, il devrait faire vite ou l'hémorragie la libérerait bientôt de sa douloureuse prison de chair. Elle posa la tête sur le mur et ferma les yeux, essayant de réfléchir calmement. Elle savait qu'Enora aurait une idée de l'endroit où elle se trouvait. Étant donné leur lien, elle pourrait savoir qu'elle était en vie, le seul obstacle était de trouver ce château que personne n'avait pu repérer lorsqu'Enora y était prisonnière. Il avait fallu faire sortir Alistair de son repaire pour récupérer la dreamcatcher autrement elle serait encore victime des coups du chasseur. Son esprit dériva ensuite vers Nissa. Elle n'avait pas dévoilé leur relation à ses sœurs bien qu'Elissa, du fait de leur lien et de son pouvoir, s'en était aperçue. Par respect, elle avait gardé leur secret, les laissant apprivoiser leurs nouveaux sentiments. Eléonor se demanda comment réagiraient les autres en l'apprenant. Elle espérait que Nissa ne serait pas trop triste de la savoir retenue par Alistair même si elle n'en menait pas large. Des bruits de pas la sortirent de sa torpeur. Elle se prépara à affronter les démons ou même Alistair lui-même. Elle fut décontenancée en avisant une petite femme rondelette devant la grille. Incrédule, elle l'observa ouvrir sa geôle après en avoir déverrouillé les chaînes. Elle la laissa s'approcher sans réagir.

— Ma pauvre enfant murmura l'étrange apparition. Je vais vous soigner, Alistair souhaite s'entretenir avec vous. J'ai sa parole qu'il ne vous fera pas subir le même sort que celui d'Enora si vous coopérez.
— Qu'est-ce que… pourquoi voudriez-vous que je coopère ? Il n'en est pas question ! Laissez-le m'achever ! riposta Eléonor en respirant difficilement.
— Certainement pas ! protesta la petite femme. Je m'appelle Greta, je vais vous soigner et vous allez tout faire pour survivre en attendant l'arrivée de votre sœur, même si cela signifie pactiser avec l'ennemi.

Incapable de parlementer davantage, Eléonor laissa Greta soulever sa main et découper sa robe à l'endroit de sa blessure. Elle sombra dans une semi-inconscience tandis que la femme s'affairait avec douceur et précision, à nettoyer puis recoudre la plaie avant d'y apposer un cataplasme pour éviter une infection. Lorsqu'elle eut terminé, elle interpella deux démons faisant office de gardes qui déposèrent deux couvertures en laine sombre ainsi qu'un plateau comportant un bol de soupe ainsi qu'une miche de pain. Greta se releva et étala une couverture sur la couchette de pierre pour protéger la jeune femme du froid puis la sollicita pour l'aider à se lever et à s'allonger sur la couchette de pierre avant de la recouvrir avec l'autre couverture.

— Je suis désolée de ne pouvoir vous offrir mieux, mais je vous promets de revenir tous les jours m'occuper de vous. Je vous apporterai vos repas et de quoi faire votre toilette même sommaire et vous changer. Tenez bon mon enfant, tout cela se finira bientôt, d'une façon ou d'une autre.

Elle déposa le plateau près d'Eléonor puis quitta la geôle après avoir placé un seau d'aisance dans un angle de la prison. La jeune femme ferma les yeux et sombra dans un sommeil agité par des visions toutes plus inquiétantes les unes que les autres.

Chapitre IX

Août 1692, Enora

Je glissai doucement dans la baignoire et fermai les yeux pour savourer le contact de l'eau chaude sur mes muscles contractés. Je profitai d'un instant de répit pour m'isoler et me recentrer sur moi-même. Quelque chose n'allait pas et je me voilais la face depuis trop longtemps. Je pouvais sentir que je n'étais pas entièrement moi-même. Entre les tortures infligées par Alistair et ma mort immédiatement suivie de ma renaissance, j'étais devenue différente. C'était ténu, mais je pressentais que cela aurait un impact dans le futur. Je poussai un profond soupir et m'immergeai totalement dans l'eau. Je ne saignais plus. Depuis ma captivité et mon retour, je n'avais plus eu de saignements mensuels. Eowyn m'avait rassurée en m'assurant que cela reviendrait, que c'était une conséquence du traumatisme des sévices infligés par le chasseur. Je n'en avais rien dit à Kaelan pour ne pas l'inquiéter, puis il y avait eu ma mort. Si j'étais revenue à la vie en retrouvant un corps guéri des cicatrices physiques, à l'intérieur rien n'avait changé et aucun saignement n'était revenu. En perdant l'une mes vies je devais avoir perdu le droit et la possibilité d'enfanter... Je remontai à la surface et me laissai aller. Les larmes se mêlaient à l'eau dégoulinant sur mon visage. Un désespoir profond m'envahissait. Il le fallait. Il fallait que je dépose mon chagrin si je voulais être à même de me consacrer entièrement à la recherche d'Eléonor et d'Eirin. J'avais lancé un sortilège à la salle de bain afin que personne, surtout pas Elissa ne ressente mon chagrin. Je ne voulais pas que l'on me console. Si l'on survivait à ce qui nous attendait, je dévoilerais tout à Kaelan puis au coven. En attendant, il était temps pour moi d'accepter que je ne porte jamais d'enfant. Ma peine était vive, mais si c'était le prix à payer pour mener à bien la mission confiée par la déesse, alors soit. J'entrepris de me laver soigneusement, avec des gestes lents et réguliers. D'abord le corps puis les cheveux. Absorbée par ma tâche, je renfermai mon chagrin au plus profond de moi puis me rinçai avant de sortir de la baignoire. Je m'enroulai dans un drap pour me sécher puis entrepris de me brosser les cheveux et de les tresser. Je laissai tomber le drap pour enfiler mes sous-vêtements puis une longue robe noire aux manches courtes et cintrée à la taille. J'y attachai la ceinture offerte par Aïdan qui me permettait d'y glisser quelques fioles de potions et une dague tout en gardant les mains libres. Je ramassai le drap de bain et le posai dans la panière en osier contenant les affaires à laver puis avisais le soleil qui inondait la salle d'eau. Je me redressai emportant ma besogne avec moi pour rejoindre le lavoir situé derrière le manoir. La maisonnée était encore endormie aussi je profitai de ces instants de solitude pour effectuer des tâches normales en espérant tromper ma douleur. J'enfilai mes chaussures avant de sortir dans la douce chaleur matinale. Je déposai mon panier près du lavoir et commençai à laver le linge avant de le battre et de l'essorer. Il me fallut une bonne heure pour achever cela et je terminai d'étendre mon labeur lorsqu'Eilin me rejoignit.

— Tu es bien matinale ! remarqua ma sœur en souriant.
— Il faut bien effectuer les tâches quotidiennes. À force de lutter contre les démons on en oublie qu'une maison, ça s'entretient !
— C'est vrai, je devrais t'aider davantage, s'excusa-t-elle gênée.
— Oh, non je ne disais pas ça pour toi. Puis ces derniers temps tu n'es plus beaucoup au manoir, donc tu ne salis rien, plaisantai-je.
— C'est vrai que je suis plus souvent avec Aldric. Mais je vais fournir des efforts, promit-elle.

Je l'observai en silence puis je reposai mon panier et la conduisis sur la margelle du petit bassin aux poissons. Je la fis s'installer près de moi et je lui pris la main.

— Eilin, regarde-moi. Il est temps pour toi de voler de tes propres ailes. Aldric est fou amoureux de toi. Tu l'aimes tout autant. Alors, cesse d'hésiter et lance-toi. Tu as le droit de vivre avec l'homme que tu aimes.
— Mais le coven…

— Tu n'as pas besoin de vivre en permanence auprès de moi pour que je sache que tu es loyale à notre clan. Regarde pour Elissa et Eowyn, elles ne vivent plus ici et pourtant, elles perçoivent toujours lorsque l'on a besoin d'elle. Et, autrement, il suffit que je lance l'appel s'il y a un danger quelconque.
— Tu crois que c'est le bon moment ? Entre l'enlèvement d'Eléonor, la garde de Sybille, les méfaits d'Alistair, nous devrions plutôt nous concentrer sur le collectif.

Je soupirai et laissai un instant mes yeux errer vers l'horizon avant de reprendre.

— La vie est courte, je ne pense pas qu'il n'y ait jamais de bons ou de mauvais moments. Il faut profiter des petits bonheurs que la vie nous offre entre deux batailles. J'ai la chance de partager mon quotidien avec Kaelan et je ne sais pas comment je tiendrais si je ne retrouvais pas la chaleur de ses bras chaque soir. Tu auras toujours ta place au manoir, mais si tu veux vivre auprès d'Aldric il ne faut pas hésiter.
— Merci, répondit-elle, troublée. Est-ce à cause d'Eléonor et de Nissa que tu me dis tout ça ?
— Non... Enfin, peut-être un peu. Depuis la mort d'Ariane, j'ai tendance à materner Eléonor en oubliant qu'elle n'est plus une enfant. C'est une femme elle aussi et si j'avais été plus attentive, peut-être se serait-elle confiée à moi à propos de ses sentiments envers la louve.

— Elle ne nous a rien dit non plus, reprit Eilin. Je l'ai perçu à cause de mon don, tout comme Elissa, mais je pense qu'elle attendait de voir comment tout cela allait évoluer entre elles, avant d'officialiser les choses comme tu l'as fait avec Kaelan. Elle te ressemble plus que ce que tu peux le croire.

Je plongeai mon regard dans le sien. Elle n'avait pas tort. Les relations entre Eléonor et moi étaient souvent tendues du fait que nos caractères et nos réactions étaient similaires. Je ne pus m'empêcher de sourire et Eilin déposa un baiser sur ma joue.

— En tout cas nous n'aurions pas pu avoir de meilleure matriarche que toi ! Je vais contacter Aldric pour lui annoncer la nouvelle ! Je pourrai te mettre des livres de côté à la librairie en plus !

Elle s'éloigna gaiement et je repris mon panier avant de la rejoindre au manoir. Sa bonne humeur était contagieuse. Elle allait enfin s'installer dans le logement au-dessus de la librairie d'Aldric. Avec Elissa qui vivait dans la clairière des chamans et Eowyn qui vivait plus haut dans la forêt, il ne restait plus qu'Eléonor et moi au manoir. Peut-être que notre oracle voudrait s'installer avec Nissa à son retour. Mon visage s'assombrit tandis que je déposai ma panière dans le patio. Il était temps de me mettre au travail.

Je remontai à l'étage. Deux jours s'étaient écoulés

depuis l'enlèvement d'Eléonor et la prédiction de Sybille. Darren et Aïdan avaient traversé un portail pour rejoindre leur tribu afin d'en apprendre davantage sur la pierre du destin. Les deux chamans avaient semblé inquiets en entendant la prédiction de notre petite prophétesse, mais ils n'avaient rien voulu nous dire tant qu'ils n'avaient pas de certitude. Kaelan avait ramené au manoir les journaux de son clan où le savoir des loups était consigné. Cela faisait donc deux jours que nous épluchions les carnets dans l'espoir de trouver n'importe quoi qui ferait référence à cette pierre du destin. Je croisai Kaelan tandis que je me rendais dans notre chambre pour me remettre à mes recherches. Il m'embrassa puis me prévint qu'il emmenait Sybille à la clairière pour sa leçon auprès d'Elissa. Ils ne reviendraient que dans l'après-midi. Aldric arriva au moment où mon compagnon et Sybille s'éclipsaient. Je l'accompagnai rejoindre Eilin qui s'affairait à empaqueter quelques affaires dont des vêtements, des grimoires et des livres de magie ainsi que sa boîte à bijoux et son nécessaire de coiffure. Le métamorphe sembla perdu devant cet amoncellement de paquets, mais il s'éclipsa docilement pour commencer le déménagement. Il ne lui fallut que deux allers-retours pour tout déposer avant de revenir chercher Eilin. Elle semblait bien frêle dans les bras du grand lynx, pourtant celui-ci faisait toujours preuve d'une grande douceur avec elle. Je ne doutais pas que ma tornade de sœur lui en ferait voir de toutes les couleurs ! Après plusieurs décennies de vie en solitaire cela allait le changer ! Ils formeraient une belle famille. Mon cœur se serra un instant à cette idée, mais je me repris rapidement et m'installai à mon bureau sitôt après leur départ.

Eléonor était retenue par Alistair. Si nous n'en étions pas certains au départ, la prédiction de Sybille nous avait confortés sur ce point. Le chasseur recherchait la pierre du destin et la capacité de ma sœur à recevoir des présages du passé comme du futur l'aiderait sûrement à atteindre son objectif. D'après la prophétie, j'étais la gardienne. Nous avions déjà découvert que Danann avait élu des gardiens en inscrivant les symboles dans les menhirs composant le cromlech et d'après Aïdan j'étais une sorte de catalyseur de leur magie. Seule Eirin manquait à l'appel pour former le cercle complet. Elle m'avait donné son accord pour faire de Sybille un membre de notre coven, mais je comptais bien la convaincre de nous rejoindre également. Avant de la recontacter, je voulais essayer de trouver des renseignements sur cette fameuse pierre, mais, le temps étant compté jusqu'à Samhain, il faudrait que je m'y résolve si je ne trouvais rien dans les prochains jours.

Je pris l'un des carnets à la couverture de cuir noir sur la pile de ceux encore non étudiés puis me plongeai dans leur lecture. Il devait y en avoir une vingtaine. Jusqu'à l'arrivée du père de Kaelan à la tête du clan de Lycaon, leurs connaissances se transmettaient uniquement à l'oral, mais Edhan avait fait évoluer les choses en attribuant à Adam, le sage de la meute, la tâche de retranscrire leur savoir dans ces carnets. L'œuvre de toute une vie se déployait devant moi. Leurs rites y étaient consignés comme les duels pour prendre la place de l'alpha ou la cérémonie de passation de pouvoir d'un alpha à son successeur si ce dernier faisait l'unanimité auprès du clan. J'y découvris aussi comment les nourrissons recevaient l'esprit du loup peu après leur naissance à l'instar de ce que m'avait montré Aïdan quelques jours plus tôt. J'appris également que nous étions la première génération à former des unions mixtes. Les premiers chamans porteurs du totem du loup étaient apparus plusieurs siècles en arrière. Selon la légende, ils venaient d'une terre oubliée où ils avaient lutté contre le mal qui s'y étendait. S'ils étaient humains, l'un d'entre eux reçut pour la première fois la visite de l'esprit du loup en rêve. L'humain passa un pacte avec le loup, chacun souhaitant protéger son monde et les premiers chamans apparurent. D'autres communautés de chamans existaient dans le monde, la mère de Kaelan venait d'un autre clan lorsqu'elle avait rencontré Edhan. Adam, lui, était un loup solitaire avant de croiser le regard d'Enya et d'y reconnaître son âme sœur. Lorsque Kaelan fut en âge de reprendre la meute, Aloys était déjà présent et Tessa et Chiara qui venaient d'un autre clan les rejoignirent par la suite.

Plongée dans ma lecture, je ne vis pas le temps passer. J'avais bien avancé dans l'étude du carnet bien que je n'aie toujours pas trouvé les informations qui motivaient ma recherche jusqu'à présent. Je fermai le carnet pour en prendre un autre qui ne m'apporta pas davantage d'éclaircissement sur la pierre. Il y était en fait question des observations sur l'esprit du loup, ses capacités, la façon dont l'esprit se liait à l'âme de son porteur. Si l'un des deux était tué, l'autre mourrait. Leur existence était intrinsèquement liée une fois la cérémonie passée. Un bref passage était consacré aux sang-mêlé qui s'avéraient être plus puissants du fait de leurs deux natures à la différence des enfants issus d'un seul sang. Je pensai à Enaël qui était le premier chaman métis du clan de Lycaon. Savoir qu'il serait puissant me rassura quant à son avenir. Bien entouré, il saurait faire preuve de courage et de bonté envers les innocents. La relève était assurée. Mes pensées dérivèrent vers Kaelan et son souhait d'être père. Nous pourrions toujours adopter, mais jamais nous n'aurions de petits chamans ensemble. À moins de pouvoir lier l'âme d'un bébé humain à celle de l'esprit du loup… Mais était-ce seulement possible ? L'idée d'agir et de modifier la destinée d'un nourrisson ne m'enchantait guère, aussi je repoussai cette pensée. Des dessins représentaient l'esprit du loup comme une aura entourant son porteur, d'autres donnaient à voir la forme lupine que pouvait prendre les chamans. Le carnet s'achevait sur les loups-garous, qui, eux étaient des métamorphes et non des chamans. Ils ne possédaient pas l'esprit de l'animal, mais *étaient* l'animal. La nuance était complexe, mais essentielle à comprendre pour mieux appréhender le monde dans lequel nous évoluions. C'était Lyam qui m'avait expliqué les spécificités de chaque espèce et je comprenais de qui il tenait son savoir. Adam avait sans doute été leur instructeur.

J'eus de la peine pour le loup blanc tué par Eirin. Nous ne pourrions pas oublier ce qu'elle avait fait, mais si elle acceptait de nous aider cela prouverait qu'elle avait vraiment envie de changer. Je fis une pause pour aller déjeuner. Étant seule, je ne fis pas de repas et préférai picorer quelques fruits secs et tartines de miel avant de me dégourdir un peu les jambes en allant ramasser mon linge. Kaelan et Sybille ne tarderaient pas à rentrer pour sa sieste. Bien qu'elle ait sept ans, le développement de sa magie lui demandait beaucoup d'énergie et elle avait besoin de cette pause réparatrice l'après-midi. Ce phénomène s'atténuerait jusqu'à disparaître totalement lors de son douzième anniversaire. Sa sieste permettrait à Kaelan de venir m'aider par la suite. J'effectuai un peu de rangement dans le manoir et en profitai pour faire du tri. Je sortis tout ce dont je n'avais pas besoin puis fis plusieurs paquets destinés à chacune de mes sœurs. Chacun était composé de vaisselle, de linge de lit, mais aussi d'ustensiles de magie, de flacons de potions. Je retrouvai des portraits dessinés par Ariane et je les partageai pour chacune de mes sœurs. Je réservai un trousseau pour Eléonor que je déposerai dans sa chambre. Si Elissa, Eowyn et maintenant Eilin, étaient parties en emportant les affaires présentes dans leur chambre, nous n'avions jamais réellement fait de tri dans les affaires communes. Au grenier se trouvaient les affaires d'Eirin et je me demandai si nous pourrions les lui rendre plus tard. J'achevai mon travail au moment où Kaelan rentrait. Sybille courut vers moi et je la pris dans mes bras. J'écoutai avec attention ce qu'elle avait appris le matin avec Elissa. Je le conduisis dans sa chambre pour la mettre au lit et elle s'endormit avant même la fin de l'histoire que je lui racontai.

   Kaelan me retrouva dans notre chambre lorsque je refermai la porte de celle de Sybille et il s'installa de l'autre côté du bureau pour m'aider dans nos recherches. Nous prîmes chacun un carnet et nous y plongeâmes. Au bout d'un moment, je relâchai mon attention et observai mon compagnon. Une barbe de quelques jours ombrait ses joues et lui donnait un air sauvage qui me plaisait beaucoup. Sentant que je l'observais, il releva les yeux et me sourit.

— Tu n'es pas très concentrée, observa-t-il sans jugement.
— Non je le reconnais, tous ces carnets sont très intéressants. J'ai appris beaucoup de choses. Adam n'a pas volé sa fonction de sage, mais je ne trouve rien qui puisse se référer de près ou de loin aux propos de Sybille.
— On va finir par trouver. Il ne reste plus que deux carnets en plus de ceux que nous lisons, m'encouragea le chaman. Et puis cela me fait du bien à moi aussi de me replonger dans le savoir de la meute. Je serai prêt pour l'éducation de nos enfants !

J'acquiesçai en baissant le nez vers mon carnet pour fuir son regard. Pensant que je me remettais à lire, il replongea lui aussi dans son étude. Une petite voix m'encourageait à tout lui dire. Nous étions seul le moment était idéal. J'ouvris la bouche dans une vaine tentative, mais le courage me quitta plus vite qu'il n'était arrivé. Je poussai un long soupir quand le chaman s'exclama :

— Je crois que j'ai trouvé !

— Quoi ? Cela fait des jours que je potasse les carnets et il te suffit d'en prendre un pour trouver ? bougonnai-je, frustrée.
— Je n'ai pas de mérite, tu as fait le plus gros du travail, me rassure-t-il avec un clin d'œil.

J'esquissai un sourire puis je lui fis signe de poursuivre.

— Il est question ici des relations entre les chamans de l'esprit du loup et ceux des autres clans. Une vieille légende mentionne effectivement le cromlech de Danann et les gardiens. C'est curieux, réfléchit-il en fronçant les sourcils.
— Qu'est-ce qu'il y a ? m'étonnai-je.
— Il est question du Sidhe et de ses différents niveaux. Je ne comprends pas pourquoi Adam ne nous en a jamais parlé s'il était au courant ! Pourquoi nous avoir laissés croire que nous devions protéger uniquement le monde onirique ?
— C'est votre mission, lui rappelai-je doucement.
— Oui, mais ce que je veux dire c'est que nous étions convaincus qu'il n'y avait que le monde onirique, nous ne savions pas qu'il n'était qu'une section du monde des esprits.
— Adam devait penser qu'il aurait le temps de vous en parler, murmurai-je.
— Tu as sans doute raison, tout a été tellement vite après la mort d'Enya.

Il poursuivit quelques minutes sa lecture puis releva la tête en poussant le carnet devant moi :

— Ce passage devient intéressant, regarde.

J'obtempérai et mon intérêt revint rapidement. Il était question des Tuatha de Danann, la tribu dont était issue la déesse. Une guerre avait éclaté et pour ramener la paix elle avait divisé le monde en plusieurs sphères afin que chacun des Tuatha règne sur l'un des univers. Seulement, durant la bataille, des artefacts divins avaient été utilisés. Parmi eux, il y avait un chaudron, une lance et mon cœur rata un battement en lisant le suivant : la pierre du destin. J'assimilai ce que cela signifiait puis regardai Kaelan.

— Alors, Alistair recherche la pierre du destin qui serait en réalité un artefact des dieux eux-mêmes ?
— Est-ce que l'on sait quels sont les pouvoirs de cette pierre et où elle se trouve ? s'enquit Kaelan, la mine sombre.
— La pierre du destin peut prendre plusieurs formes, lus-je à voix haute. Au commencement des temps il s'agissait d'un rocher sur lequel s'asseyaient les prétendants au pouvoir. S'ils étaient reconnus par les dieux alors la pierre s'illuminait et leur transmettait le pouvoir de régner sur les autres. Puis elle a été façonnée de façon à représenter un trône. Celui qui le trouve et y prend place se voit investi du pouvoir des dieux. On ne sait pas où il est aujourd'hui, mais si Alistair le trouve avant nous et s'y assied…
— Il recevra le pouvoir des dieux, acheva Kaelan en soutenant mon regard.

— D'après Sybille, le dreamcatcher est le gardien. Je pensais que cela signifiait que j'étais la gardienne du Sidhe, mais… et s'il s'agissait du trône ?
— Ou alors, rectifia mon compagnon, cela signifie que le trône se trouve dans le Sidhe.

Chapitre X

Août 1692, Enora

    Je restai silencieuse, prenant le temps d'ordonner les nouvelles informations que nous avions. Alistair recherchait la pierre du destin pour s'élever au rang des dieux en acquérant leur magie. S'il y parvenait, il serait en mesure de façonner le monde selon ses envies comme il l'avait toujours voulu. Cela dépassait la simple convoitise de la magie des dreamcatchers. Il serait le maître absolu et aurait un droit de regard sur la vie et la mort. Durant ces dernières semaines, j'avais réalisé qu'Alistair ne se contenterait pas de détruire l'équilibre entre nos univers, c'était à la mort elle-même qu'il livrait bataille en voulant ramener les siens à la vie. Je repoussai le carnet vers Kaelan qui le parcourut rapidement.

— La pierre du destin est la seule à être restée dans notre monde, les autres artefacts des Tuatha sont toujours en leur possession, déclara-t-il d'une voix blanche.

Je hochai la tête sans pouvoir répondre. Ce fut l'arrivée de

Sybille qui me sortit de ma torpeur. Elle nous rejoignit et nous embrassa avant de réclamer une collation. Nous laissâmes de côté nos recherches et tandis que je me levai pour m'occuper de ma filleule, je prévins Kaelan que le coven se réunirait le soir même. La fin de journée fut douce et tranquille contrastant avec la tempête émotionnelle qui faisait rage en moi. Cela faisait une semaine que nous n'avions plus d'arrivée de réfugiés, le chasseur semblait occupé à autre chose qu'à décimer les surnaturels et pour cause, puisqu'il détenait désormais notre oracle. Grâce à ses pouvoirs, il espérait probablement retrouver le trône du destin. Le soir venu nous nous installâmes tous dans le grand salon et je leur révélai ce que nous avions appris à la suite de la dernière prédiction de Sybille. Darren et Aïdan arrivèrent peu de temps après le début de notre assemblée et confirmèrent ce que nous avions trouvé. Il n'y avait plus à tergiverser, il fallait impérativement ramener Eléonor dans nos rangs et cela passait par le retour d'Eirin dans le coven. Nous nous séparâmes puis, après avoir mis Sybille au lit, je me préparai à rejoindre le monde onirique pour partir à la recherche du corbeau.

— Tu es certaine que c'est la meilleure solution ? s'enquit Kaelan.
— Je n'ai pas vraiment le choix, il faut bien rallier Eirin à notre cause, répondis-je d'une voix lasse.
— Non, je voulais dire, est-ce bien prudent de te rendre à découvert dans le monde onirique ?

— Ah ! Peut-être pas, pensai-je. Mais je n'ai pas d'autres solutions. J'enverrai l'appel à Fergus étant donné qu'Eirin s'est fermée à moi. Aïdan m'a dit de lui envoyer l'esprit du cerf. En tant qu'ancien druide, il devrait comprendre le message et m'ouvrir la porte de son paysage.

— Si tu sens le moindre danger ou s'ils mettent trop de temps à répondre, tu nous rejoins, insista le chaman, le front barré par l'inquiétude.

— C'est promis, assurai-je en déposant un léger baiser sur ses lèvres.

Il hocha la tête et s'écarta de moi. J'inspirai profondément et fis apparaître la porte menant à mon paysage. Je l'ouvris et entrai sans plus d'hésitation.

❦

En pénétrant dans le monde onirique, j'ouvris mon esprit pour sonder les alentours. Mis à part quelques marcheurs, le paysage était désertique. J'entrepris de procéder au rituel transmis par Aïdan. Je fermai les yeux un instant et fis le vide dans mon esprit. J'atteignis rapidement le centre de mon pouvoir et visualisai mon lien avec le chaman allié. J'ouvris les yeux et tendis les mains devant moi tout en gardant ma concentration. Une brume émergea et peu à peu l'aura du cerf se matérialisa devant moi. Il m'observa avec une vive intelligence dans le regard. Je lui envoyai l'image mentale de Fergus et il cligna des yeux en signe d'assentiment. Le lien se rompit et le cerf se détourna pour disparaître dans une volute de fumée. Il ne me restait plus qu'à attendre. Je m'éloignai pour ne pas m'exposer davantage. Un tel afflux de magie pouvait attirer l'attention et je n'étais pas disposée à lutter contre qui que ce soit. Je décidai de prendre ma forme de chatte pour plus de discrétion. Mes sens sous forme féline étant plus aiguisés, je pointai les oreilles à l'affût du moindre bruit. Mes moustaches frémissaient, une légère brise s'infiltrait dans ma fourrure. Ne percevant aucun danger, je parcourus le monde onirique, bien décidée à en comprendre les limites. Le paysage essentiellement désertique était peuplé de quelques rêveurs ou marcheurs. Ceux-là ne me voyaient pas, évoluant dans leurs rêves intérieurs. La lune et le soleil coexistaient côte à côte dans le ciel mauve et le climat y était tempéré. Peu à peu, j'aperçus des dunes qui grandissaient devant moi. Je n'étais jamais allée plus loin pensant naïvement que le monde onirique n'était qu'un vaste désert, mais à présent que je savais qu'il n'était que l'une des sections composant le Sidhe, j'étais bien décidée à voir ce qu'il y avait au-delà de cette barrière naturelle. Mes pattes de chat s'enfoncèrent dans le sable, mais celui-ci n'était pas brûlant sous mes coussinets. Je gravis prestement l'une des dunes et atteignis rapidement le sommet. J'avisai le paysage qui se déroulait devant moi.

    Une vaste prairie s'étendait de l'autre côté. Seule une arche en pierre s'élevait en son centre. Curieuse, je descendis prudemment puis me dirigeai vers l'étrange porte. Il s'agissait de deux menhirs surmontés d'un troisième. En regardant de l'autre côté je ne perçus rien d'étrange, pourtant j'étais certaine que sa présence n'était pas fortuite. Je repris ma forme humaine et pris le temps de m'étirer. La transformation n'était pas douloureuse, mais il me fallait toujours un instant pour me réapproprier mon corps. Je sondai à nouveau les environs, cette fois je ne perçus aucune présence mis à part une magie puissante qui émanait des menhirs. Je levai la main et fis un mouvement vers l'arche. Le vent se leva et un sceau brisé apparut au centre de l'arche. Frissonnante, je fis un pas pour m'avancer de l'autre côté et je me retrouvai face à un lieu sombre et rougeoyant. Le sol semblait recouvert de cendres et des geysers explosaient çà et là dans cet univers à mille lieues du désert onirique. Un malaise me saisit. Il devait s'agir du purgatoire.

    Je compris alors que chaque lieu devait conduire à un autre par le biais de ces arches. Si le sceau était brisé alors cela signifiait que les âmes condamnées au purgatoire pouvaient se rendre dans le désert onirique et s'en prendre aux rêveurs. S'ils s'emparaient de leurs esprits, ils seraient en mesure de prendre possession de leurs corps les laissant prisonniers pour toujours dans l'autre monde. Je frémis à cette pensée. J'avais envie de poursuivre ma route, certaine de pouvoir accéder désormais au niveau des démons où se trouvait le château d'Alistair, mais le lien qui me reliait au cerf tinta en moi. Je fis marche arrière et traversai de nouveau l'arche. Avant de chercher à retrouver le cerf, je tâchai de réparer le sceau brisé en m'entaillant la main.

— J'en appelle à toi, grande déesse, en tant que dreamcatcher je protège selon ta volonté le monde onirique. Donne-moi le pouvoir de refermer ce passage et d'assurer la sécurité aux rêveurs. Que votre volonté soit faite.

Je laissai quelques gouttes de sang tomber sur le sol devant l'arche puis redessinai le sceau dans les airs avec le précieux liquide. L'ancien symbole disparut, remplacé par le mien. Le vent s'éleva et ma plaie se referma. Je ne sus comment, mais j'avais la certitude que cela avait fonctionné. Je restai silencieuse lorsqu'une voix dans mon dos me sortit de ma torpeur :

— Si on m'avait dit que tu deviendrais plus qu'une petite sorcière plaintive, je crois que je ne l'aurai jamais cru.

Je me retournai vivement et mes épaules se détendirent.

— Une chance pour moi que tu ne crois que ce que tu vois, rétorquai-je amusée en m'avançant vers Eirin.
— Fergus a failli ne pas se remettre en voyant le cerf ! reprit-elle en changeant de sujet.
— Pourquoi ? demandai-je intriguée.
— Il pensait ne plus être digne d'être considéré comme un druide. Donc quand le cerf l'a approché, et qu'en plus il s'est adressé à lui… Tu ne savais pas que les chamans du cerf et les druides étaient liés ?
— Aïdan m'en a touché quelques mots, en effet.

Eirin hocha la tête. Elle semblait plus apaisée que la

dernière fois, presque résignée à attendre la suite des évènements.

— Si tu es ici, cela veut dire que tu acceptes de nous aider ? demandai-je pleine d'espoir.

Elle me regarda longuement avant de répondre d'une voix calme :
— Disons que je n'y suis plus fermement opposée. Néanmoins, j'aimerais que tu fasses quelque chose pour moi avant.
— Je t'écoute.
— Prouve-moi que t'aider signifie répondre à la volonté de mon peuple. Aide-moi à devenir un corbeau.

Je restai interdite. Je l'observai tentant de comprendre ce qu'elle me demandait puis je réfléchis à la façon dont je pourrais répondre à sa volonté. Le cerf apparut au même moment et je me tournai vers lui pour le rappeler. Sa mission était achevée. Tandis qu'il disparaissait en moi, le lien entre Darren et moi scintilla. Je relevai les yeux vers Eirin et repris la parole.

— Je ne peux pas t'aider à devenir ce que tu es déjà, mais je peux peut-être te guider pour que tu parviennes à te voir comme tu es vraiment.
— Tu parles comme cette vieille chouette d'Enya ! riposta Eirin sèchement.

Je notai qu'il n'y avait pas de méchanceté derrière ses mots seulement une grande détresse.

— Il va falloir que tu me fasses confiance, murmurai-je en lui tendant la main.

Elle l'observa longuement puis elle la saisit, fébrile. Je fermai les yeux et fis appel à la magie de l'aigle. L'aura du rapace nous entoura de ses ailes protectrices et nous emporta avec lui à travers un vortex.

⁂

Nous émergeâmes à l'orée d'une forêt. Le soleil était haut dans le ciel et la température était agréable. Eirin, abasourdie, s'éloigna de moi le temps de reprendre ses esprits. Je lui laissai un peu d'espace et m'avançai un peu pour observer notre environnement. Nous nous tenions en haut d'une colline surplombant un village organisé de façon circulaire. Les maisons étaient modestes, mais leurs toits de chaume fleuri égayaient la vallée de couleurs chatoyantes. Des hommes et des femmes travaillaient dans les champs, d'autres discutaient sur ce qui devait être la place du village, les artisans s'activaient dans leurs ateliers, les enfants jouaient et chahutaient. L'endroit paraissait idyllique pourtant un mauvais pressentiment ne me quittait pas. En me retournant vers Eirin, j'en compris les raisons. Elle était figée, la main devant la bouche comme pour étouffer un cri puis elle murmura :

— Qu'as-tu fait ?

— Grâce au pouvoir de l'aigle, nous sommes remontés dans ton passé, jusqu'au jour où tout a basculé, pour t'aider à comprendre…
— À comprendre quoi ? hurla-t-elle, les yeux emplis de larmes et de rage.
— Eirin, je t'en prie. C'est important !
— Ah oui ! J'oubliais la mission de la grande dreamcatcher ! Mais tu n'avais pas le droit ! C'est ma vie ! Mon passé !
— Oui et il est temps pour toi de l'affronter pour enfin pouvoir avoir un avenir ! Peu importe ce que tu choisiras par la suite, au moins tu ne seras plus dans cet entre-deux qui te tue à petit feu !
— Ne me fais pas croire que tu agis dans mon intérêt ! Pas après tout ce que je t'ai fait !
— Justement ! Eirin, je… Si tu as pu me faire autant de mal, c'est parce que tu as toujours été une sœur pour moi. Malgré ta dureté, je t'ai toujours admirée. L'apprentissage de la magie semblait si aisé lorsque je te regardais. Lancer un sort c'était comme respirer pour toi, alors que moi je suffoquais ! Aujourd'hui, les choses ont changé, mais je tiens toujours à toi ! Malgré ce que tu as pu nous faire. Même nos sœurs sont prêtes à ce que tu nous rejoignes. Leur rancœur n'est pas aussi forte que leur attachement envers toi. Tu n'es pas née mauvaise !
— Qu'est-ce que tu en sais ? murmura-t-elle en se retournant vers le village, laissant ses yeux se perdre à l'horizon.

— Je le sais c'est tout, et, si tu le veux bien je t'aiderai à traverser cette épreuve.
— Après tout ce que je t'ai pris...

Elle me regarda d'un air indéchiffrable puis elle se redressa et essuya ses larmes.

— Pourront-ils nous voir ? demanda-t-elle en changeant de sujet.
— Non, tant que l'aura de l'aigle est près de nous, nous serons invisibles à leurs yeux. Nous ne pouvons pas intervenir, nous ne sommes que des témoins silencieux.

Eirin hocha la tête et commença à descendre la vallée. Je remarquai seulement maintenant qu'elle était pieds nus sous sa longue robe violette. Ses cheveux noirs flottaient dans son dos, sa posture était fière et hautaine, mais je sentais qu'elle était prête à se briser au moindre coup de vent.

L'agitation régnait dans le village où tout semblait paisible. Eirin le traversa, observant avec nostalgie la rivière auprès de laquelle des femmes lavaient le linge. Je la suivis tandis qu'elle remontait plus au nord, vers l'une des dernières maisons. Elle s'approcha de la fenêtre et me fit signe de la rejoindre. Silencieuse, j'obtempérai. Une femme d'une trentaine d'années se tenait derrière une jeune fille. Elle lui coiffait tendrement les cheveux tout en discutant. La jeune fille souriait et ses yeux pétillaient de malice. Sa longue chevelure brune fut tressée avec soin et sa mère y piqua quelques fleurs blanches. Eirin se détourna légèrement et avisa le sentier qui remontait vers la chaumière. Je suivis son regard. Un homme grand et bien bâti arrivait avec un jeune garçon qui chahutait autour de lui. Le père, amusé, le laissait tournoyer malgré la fatigue qui se lisait sur ses traits. Une clameur monta soudain du village. L'homme se retourna et fronça les sourcils en rappelant son fils pour qu'il rentre se mettre à l'abri. Mais le jeune garçon n'en fit qu'à sa tête. C'est alors qu'une dizaine de personnes apparut de nulle part. Les silhouettes étaient toutes dissimulées sous de longues capes noires, la magie noire suintait par tous les pores de leur peau, ne laissant planer aucun doute sur leur identité. Je sentis mon cœur se serrer tandis que l'angoisse m'étreignait et jetai un regard vers Eirin qui était immobile. Les sorciers se dispersèrent et ce fut rapidement le chaos. Ils enflammèrent d'un geste simultané toutes les chaumières puis ils s'éclipsèrent pour tuer chaque habitant, femme, enfant, vieillard, homme. La surprise joua en leur faveur. Malgré la panique, certains se regroupèrent pour protéger leur famille. Les enfants prirent leur forme de corbeau pour s'enfuir, mais les sorciers les emprisonnèrent dans des cages d'énergies qui les asphyxièrent les uns après les autres. Je me tournai vers l'homme, le père d'Eirin, qui se défendait comme un beau diable pour empêcher les sorciers d'accéder à la maison. Son fils gisait à quelques pas dans une mare de sang. Blessé, le brave combattant vacilla puis tomba à genoux devant l'un des sorciers. Ce dernier abaissa sa capuche laissant apparaître un visage creusé, des yeux entièrement noirs, sa peau livide était veinée de noir. Puisqu'il était chauve, les veines formaient un étrange entrelacs sur son crâne et descendaient dans sa robe, s'étendant probablement de la même façon abjecte sur le reste de son corps. Je frémis à cette vision. Le sorcier sortit un athamé de sous sa manche évasée et s'approcha du père d'Eirin.

— Tu vois, Angus, je t'avais prévenu que si tu ne coopérais pas nous te le ferions payer, susurra-t-il.
— Tu n'obtiendras jamais nos pouvoirs, haleta le chaman.
— Détrompe-toi ! Grâce à cette lame, je vais m'emparer de ta magie. Tu es le chef de ton clan, le plus puissant des tiens, ce sera un honneur de disposer d'un si grand don.
— Ce don sera ta malédiction.

Le sorcier ne répondit pas. Il égorgea sa victime et laissa son corps retomber dans la terre battue. Eirin se précipita vers eux pour rattraper son père, mais elle ne put le toucher. Elle le regarda rendre son dernier souffle, laissant des larmes amères couler sur ses joues. Je vis le sorcier qui léchait la lame ensanglantée tandis qu'il absorbait la magie du chaman. Un rictus déforma ses traits. Il sembla en proie à une rage incontrôlable. Il se tourna vers le village où les derniers survivants étaient tués à leur tour. Puis les disciples rejoignirent leur chef. L'un d'eux s'approcha de lui et voyant sa fureur osa demander :

— Qu'y a-t-il, maître ?
— Je viens de tuer le chef de ce clan et pourtant je n'ai reçu qu'une faible magie semblable à celle des autres. Je ne ressens pas le corbeau en moi ! vociféra-t-il.

Le disciple avisa le cadavre gisant à leur pied, mais ses yeux remontèrent vers la maison.

— Maître, il en reste une autre…

Le sorcier se retourna dans un froissement de tissu et fit voler la porte en éclat. Je tressaillis en voyant la mère d'Eirin dans l'embrasure de la porte. Ses cheveux auréolaient son visage tandis qu'elle lançait une attaque puissante sur le sorcier chauve. Son disciple s'interposa et mourut sur le coup. D'autres arrivèrent et furent blessés. Malgré sa puissance, elle ne pouvait affronter très longtemps le grand nombre d'ennemis. Je compris qu'elle essayait en réalité de gagner du temps pour qu'Eirin puisse s'échapper. Celle-ci n'était plus là, je l'avais vue se glisser dans une trappe dissimulée sous le tapis duquel sa mère ne bougeait pas pour masquer les traces de sa fille. Elle déploya toute sa magie et lutta courageusement. Eirin se précipita pour tenter de l'aider, mais en vain. Nous n'étions pas là pour changer le passé. Elle me lança un regard désespéré tandis que le sorcier poignardait sa mère dans le ventre. Il la retint contre lui tandis qu'elle agonisait pour l'interroger :

— Où est-il ? Qu'avez-vous fait de votre corbeau ?
— Vous ne le retrouverez jamais, il… il reviendra et nous vengera. Nous renaîtrons plus fort.
— Pauvre idiote !

Il lâcha la pauvre femme et sortit la maison. Ils quittèrent les lieux laissant le feu se charger d'effacer leurs traces. La fumée alerterait tôt ou tard les villages alentour, mais personne ne saurait ce qui se s'était réellement passé. Je rejoignis Eirin, agenouillée près du corps de sa mère. Je posai doucement ma main sur son épaule et tentait de la ramener au présent.

— Eirin...
— J'aurais dû mourir avec eux. Pourquoi ma mère m'a-t-elle dit de m'enfuir ?
— Viens, ne reste pas là, sortons, l'encourageai-je.

Je la guidai à l'extérieur, les corps et le village avaient disparu, ne laissant place qu'à une vallée vierge de toute présence. Nous avions vu ce que nous devions voir.

— Pourquoi ma mère n'est-elle pas partie avec moi ? Elle avait le temps de s'enfuir, elle aurait pu...
— Elle s'est sacrifiée pour te laisser le temps de fuir suffisamment loin... Pour que les sorciers ne puissent plus sentir ta présence. Ils étaient venus dans un but précis : s'emparer de votre magie en volant le corbeau de ton père. Si je me fie à ce que j'ai appris, les esprits les plus puissants résidents dans l'âme des chefs de clans. Mais ils n'ont pas atteint leur but.
— Pourtant ils les ont tous tués ! Tout ça pour quoi ? Pour rien !

Je la laissai exprimer sa colère. Alors que j'allais lui répondre, je remarquai que nous n'étions plus seules. La mère d'Eirin nous regardait de loin et s'approcha de nous. Je me tus faisant signe à Eirin de se retourner. Elle tressaillit en reconnaissant sa mère.

— Maman ? Mais comment est-ce possible ?
— Ma belle petite fille, j'ai tellement espéré ce moment, répondit d'une voix douce sa mère en la prenant dans ses bras.

Perdue, Eirin ne sut comment réagir. Sa mère se redressa puis caressa son visage. Elle me lança un regard et me sourit avec bienveillance.

— Enora, je suis enchantée de te rencontrer enfin. Je suis Mylénia, la mère d'Eirin.
— Enchantée de vous rencontrer également, bredouillai-je impressionnée par le charisme et la force qui se dégageaient de cette femme.

Elle reporta son attention sur Eirin et nous proposa de marcher pour nous remettre de nos émotions.

— Comment est-ce possible, reprit Eirin. Nous sommes ici grâce à la magie d'Enora et du clan des aigles, et toi tu es... Tu es un esprit…
— Avant de mourir, j'ai jeté un sort à ce lieu en espérant qu'un jour tu y reviendrais. Je n'ai pas eu le temps de tout te révéler lorsque tu étais enfant. Il fallait que tu survives. Je ne savais pas si mon sort fonctionnerait. J'ai protégé mon esprit dans une sorte de capsule en dehors des lois naturelles pour avoir le temps de te délivrer mon message. Il est temps à présent.
— Quel message ?

— N'as-tu pas compris après ce que tu viens de voir ? Nous savions que nous étions menacés, mais nous étions loin d'imaginer que nous finirions ainsi. Toutefois, pour protéger notre magie, nous avons pris une décision ton père et moi. Le corbeau alpha était convoité pour sa puissance et sa capacité à diriger un clan, aussi nous avons dû nous résoudre à commettre un acte interdit.
— De quoi parles-tu ? s'enquit Eirin en se redressant et en fronçant les sourcils.
— Ma chérie, ne le sens-tu pas en toi ? murmura Mylénia d'un air triste.

Eirin recula, refusant de comprendre ce que sa mère sous-entendait. Elle tourna la tête, me bouscula sans me voir tandis que Mylénia continuait.

— Tu es née métisse, moitié sorcière moitié chaman. Tu es née avec l'esprit d'un corbeau grandissant avec toi. Pour sauver la mémoire de notre clan, nous avons délié l'esprit de ton père de celui de son corbeau et nous l'avons fusionné avec le tien.
— Non, tais-toi ! Arrête ! Je suis une sorcière ! Je n'ai jamais vu les esprits, je n'ai jamais…

Elle s'arrêta figée par l'effroi. Elle regarda sa mère et sembla la voir réellement enfin.

— Je peux te voir, murmura-t-elle.

Mylénia hocha la tête, mais ne dit rien. Eirin se tourna vers moi, cherchant à se raccrocher à quelque chose. Je la rejoignis et lui pris les mains.

— Eirin, regarde-moi, soufflai-je. Le corbeau a toujours fait partie de toi. Tu l'as refoulé parce que tu percevais la transgression commise par tes parents. Tu portes un fardeau qui n'est pas le tien. Tu as embrassé le mal pensant remplir le vide en toi, mais la vérité c'est qu'il n'y a que toi qui peux le combler.
— Comment ? Enora, je ne sais pas comment faire !
— Accepte-le. Reconnais-le comme étant toi. C'est ton héritage, ta force, il représente l'amour et l'espoir que tes parents ont placé en toi. Il n'est pas le mal. Tu n'es pas le mal.

Elle se détacha de moi et tomba par terre se tenant la tête entre ses mains. Elle luttait contre elle-même et c'était son combat. Je ne pouvais interférer avec sa décision. Elle tenta de reprendre son souffle, je pris ma forme de chatte et m'approchai d'elle. Je touchai sa joue du bout du museau. Elle tressaillit et posa son regard sur moi. Son rythme cardiaque se calma peu à peu, elle se mit à compter ses respirations et commença enfin à s'apaiser. Elle ferma les yeux pour se centrer sur elle-même. Je sentis sa magie se répandre autour d'elle. Comme si un verrou cédait enfin. Un sourire éclaira son visage. Elle ouvrit les yeux et peu à peu ses traits se brouillèrent. Je reculai de quelques pas gardant ma forme féline puis le corbeau apparut enfin. Immense, noir comme la nuit, des reflets bleutés dans ses ailes, il croassa vers le ciel en un cri libérateur. De taille plus imposante que ses semblables, Eirin était tout simplement majestueuse. Sa mère s'approcha et guettant son accord, elle effleura une de ses plumes.

— Mon joli corbeau, murmura-t-elle, nous sommes si fiers de toi.

Eirin reprit forme humaine. Elle irradiait de puissance et surtout de sérénité. Elle était enfin en paix avec elle-même. Elle embrassa sa mère et lui répondit tendrement.

— Tu peux rejoindre papa et Logan à présent, je te promets de faire revivre notre clan.

Mylénia hocha la tête dans un sourire et son esprit se délita progressivement. Je repris ma forme humaine et attendis le signal d'Eirin.

— Il est temps de rentrer, je dois retrouver Fergus et Sybille me manque.
— Comment te sens-tu ?
— Je suis sonnée, mais je sais que ça ne pourra qu'aller mieux à présent. En revanche, je m'interroge, j'ai pu voir l'esprit de ma mère parce que je suis en partie chaman, mais toi, comment le peux-tu ?
— Je suppose que, malgré tout ce qui s'est passé, nous n'avons jamais cessé d'être liées toutes les deux, raisonnai-je.
— Je ne pourrai jamais effacer ce que j'ai fait, mais je vais essayer de m'améliorer, murmura-t-elle.

J'acquiesçai et lui tendis la main. Elle la saisit et je laissai l'aigle se déployer pour nous conduire à la maison.

Chapitre XI

Septembre 1692, Enora

Nous revînmes dans le monde onirique et Eirin contacta Fergus qui nous ouvrit l'accès à son paysage. À l'abri de nos potentiels ennemis, Eirin s'approcha du druide et l'enlaça. Bouche bée, il me lança un regard et je lui rendis un sourire rassurant. Je les laissai profiter de leurs retrouvailles et leur indiquai qu'ils pouvaient nous rejoindre quand ils le souhaitaient au manoir. Je fis appel à ma porte puis rentrai enfin auprès des miens. Je retrouvai Kaelan dans la cuisine. Le chaman semblait perdu dans ses pensées. Je m'avançai vers lui et posai ma main sur son épaule. Il se retourna vivement, mais se détendit en me voyant. Il me prit dans ses bras longuement puis il me proposa de l'attendre dans le salon tandis qu'il me préparait une collation. Je le remerciai chaleureusement et rejoignis la pièce où je me laissai tomber dans l'un des fauteuils. Je poussai un profond soupir. Ce voyage avait été éreintant tant physiquement que psychologiquement. Assister au massacre du peuple d'Eirin et ne rien pouvoir faire avait été insoutenable. Malgré tout nous y avions beaucoup appris et Eirin avait enfin accepté son héritage. J'ignorai quand elle nous rejoindrait, mais je devinai sans peine qu'elle aurait besoin d'un peu de temps pour se remettre et accepter totalement ce qui s'était produit. Les révélations de sa mère concernant la fusion du corbeau de son père et le sien l'avaient ébranlée à juste titre. Elle portait désormais une lourde responsabilité sur ses épaules. Kaelan arriva et déposa son plateau sur le guéridon. Il me recouvrit d'un plaid pour me réchauffer et je le remerciai d'un sourire. J'attrapai une tasse et sirotai avec plaisir le liquide chaud.

  Mon compagnon s'installa à côté de moi, et je commençai à lui expliquer ce qu'il s'était produit. Comment j'avais contacté Eirin, puis ma découverte de l'arche menant au purgatoire. Il fronça les sourcils en apprenant la destruction du sceau qui assurait la fermeture de la porte entre les deux univers. Je lui détaillai mes retrouvailles houleuses avec la sorcière qui précédaient mon appel instinctif de la magie de l'aigle de Darren qui nous avait ramenées dans le passé. Enfin, après avoir relaté brièvement le massacre du clan des corbeaux, je terminai sur la rencontre avec Mylénia, la mère d'Eirin, et ses révélations concernant l'esprit qui habitait sa fille. Il resta silencieux, me laissant prendre le temps nécessaire pour révéler les derniers évènements puis enfin, il reprit :

— Cela n'a pas dû être facile.
— Non. Je n'avais jamais vu Eirin perdre ses moyens. Elle était dévastée.

— On le serait à moins, personne ne devrait subir autant de douleur. Acceptera-t-elle de nous aider après ça ?
— Je pense que oui. Elle avait besoin de se pardonner pour ses mauvais choix et surtout, de comprendre qu'elle n'était pas responsable de la malédiction du corbeau.

Mon compagnon hocha la tête, pensif. Il reporta son attention vers moi et esquissa un sourire.

— Tu devrais aller te reposer un peu, tu es partie presque une semaine et je doute que tu aies pris le temps de dormir ou de manger.
— Non en effet. J'oublie toujours que le temps ne s'écoule pas de la même façon entre les deux mondes. Est-ce que tout va bien ici ? m'enquis-je soudain.
— Oui, ne t'en fais pas. Sybille est devenue une élève studieuse depuis l'attaque. Eowyn s'est bien remise et Aïdan ne la quitte plus pour son plus grand bonheur d'après ce que j'ai compris ! Darren est toujours autant facétieux, ce qui me surprend pour un porteur de l'esprit de l'aigle… Eilin mène la vie dure à Aldric, mais je le soupçonne d'adorer ça ! Enaël grandit, bien entouré des soins de ses parents, et Aloys et Tessa continuent de veiller sur les réfugiés.

Je hochai la tête, rassurée, mais une ombre traversa mon regard.

— Eléonor est aux mains d'Alistair depuis bien trop longtemps.

Je tentai de me relever, mais je fus prise d'un vertige et je dus me rasseoir. Kaelan fronça les sourcils et me débarrassa de ma tasse. Il me souleva dans ses bras et me conduisit vers l'escalier.

— Tu n'es pas en état d'aider ta sœur pour le moment. Il faut que tu te reposes et après nous aviserons. Grâce à toi, Eirin devrait nous rejoindre bientôt. Alors nous pourrons secourir Eléonor.

Incapable de résister davantage, je le laissai me conduire à notre chambre où il me déposa dans notre lit. Je le sentis à peine me retirer mes chaussures et rabattre les couvertures sur moi. Le sommeil m'emporta.

Lorsque je m'éveillai, je me sentais toujours anormalement faible. Quelque chose clochait, mais je ne parvenais pas à savoir quoi ? Était-ce une des conséquences de la perte de l'une de mes neuf vies ? Mon attention fut attirée par les échos de l'agitation qui régnait en bas. Les éclats de voix et les rires de mes sœurs m'atteignirent et je ne pus m'empêcher de sourire. Je sortis du lit prudemment à cause de ma faiblesse et me dirigeai vers la salle de bain. Je fis couler l'eau tout en préparant mes vêtements : une jupe longue rouge, une chemise blanche et un corset noir. Puis je me déshabillai et me dirigeai vers la baignoire. Je me laissai glisser dans l'eau et profitai de ce moment. Rassérénée, je me lavai rapidement puis me séchai et m'habillai. Je laissai mes cheveux détachés et quittai la chambre pour rejoindre les miens. J'avais hâte ! À mon arrivée dans le patio, Sybille courut vers moi et me sauta dans les bras. Je l'accueillis avec tendresse puis rejoignis les autres et m'installai sur le banc entre Kaelan et Elissa.

Après de rapides effusions, nous nous concentrâmes sur des sujets plus urgents. Kaelan leur avait fait un compte-rendu de mon aventure. Ils savaient donc pour la découverte des arches menant d'un lieu à un autre du Sidhe, le retour d'Eirin et la recherche d'Eléonor. Sybille trépignait d'impatience à l'idée de retrouver Eirin et Fergus. Alors que nous discutions, des cris nous alertèrent au dehors du manoir. Aldric et Lyam s'éclipsèrent pour partir en éclaireur puis nous apprirent que des démons attaquaient devant le manoir. Elissa et Eilin montèrent à l'étage avec les enfants tandis que nous nous précipitions dehors.

Il me fallut quelques secondes pour comprendre qui était la cible des démons. Il s'agissait d'Eirin et de Fergus. Les chamans se transformèrent en loup et attaquèrent les premiers assaillants qu'ils rencontrèrent. Eowyn resta avec Aïdan et, ensemble, ils combinèrent leurs pouvoirs pour faire appel à la faune et à la flore de la forêt. Darren prit sa forme d'aigle tandis qu'Aldric revêtait sa peau de lynx et ils se lancèrent à leur tour dans la bataille. Les démons tombaient sous nos attaques, mais ils avaient l'avantage du nombre. Sitôt que j'en tuais un, deux autres apparaissaient. Je me rapprochai progressivement d'Eirin et distinguai Fergus qui était submergé par nos assaillants. Nous nous mîmes dos à dos et commençâmes à lutter de concert pour repousser les démons.

— Je ne m'attendais pas à être reçue chaleureusement, mais je n'avais pas anticipé un tel comité d'accueil ! lança-t-elle avec ironie.
— Il faut atteindre le manoir, nous y serons en sécurité.
— C'est ce que nous comptions faire, mais un bouclier nous a empêchés d'entrer ! rétorqua-t-elle en achevant un démon et en se replaçant dos à moi.
— Vous êtes de notre côté à présent, le manoir le sentira, assurai-je.
— D'abord il faut régler leur compte à ces rats. Nous verrons la logistique après !

Nous nous concentrâmes sur nos ennemis. La bataille s'éternisa et un nouveau vertige me saisit. Mes yeux se brouillèrent et j'entendis à peine le hurlement du loup de Kaelan alors que je tombai au sol, la tête entre les mains. Une douleur fulgurante me saisit tandis qu'un démon me lançait une boule de feu. Je fus projetée à plusieurs mètres du champ de bataille. Ma vue toujours trouble, terrassée par la douleur, je me laissai envelopper par les ténèbres et sombrai dans l'inconscience.

Je m'éveillai à plusieurs reprises, incapable de rester consciente longtemps. À chaque phase d'éveil, je sentais que l'on me faisait boire quelque chose d'amer.

J'ouvris enfin les yeux deux jours plus tard au grand soulagement de mon compagnon qui refusait de s'éloigner de moi. Son entêtement me fit sourire et je m'adossai contre lui pour tenir assise. Eowyn entra dans la chambre et poussa un soupir de soulagement.

— Tu nous as fait tellement peur ! Sais-tu ce qu'il s'est passé ?
— J'ai de vagues souvenirs, commençai-je. Je me souviens des démons. Eirin et Fergus, puis la douleur et le noir.
— Les démons ont attaqué Fergus et Eirin alors qu'ils tentaient de rejoindre le manoir. Le bouclier ne les a pas reconnus et les a empêchés d'entrer, attirant les démons sur eux, expliqua Eowyn impassible.
— Où sont-ils ? demandai-je en me redressant vivement.
— Ils vont bien. Ils sont au manoir, auprès de Sybille. Kaelan leur a proposé de s'installer dans l'ancienne chambre d'Eilin dans l'immédiat. Ils sont toujours recherchés par Alistair. Tant qu'Eirin portera sa marque, ils ne seront jamais en paix.
— Sybille doit être heureuse, murmurai-je.
— En effet, elle a déclaré : « La famille est enfin réunie ! ». Cette petite a un grand courage, acquiesça Eowyn. Mais nous nous inquiétions tous pour toi.
— Pourquoi ? m'étonnai-je.
— Tu t'es effondrée sans raison lors du combat. Sans Eirin, tu ne serais plus auprès de nous aujourd'hui. Elle s'est interposée avant que le démon ne te porte le coup fatal et a tué ton adversaire.

J'assimilai tant bien que mal les révélations. La seule chose positive était le retour d'Eirin et de Fergus au manoir. Nous avancions sur ce point et nous nous rapprochions d'Eléonor. Je lançai un regard à Kaelan qui ne broncha pas puis je leur avouai enfin :

— J'ai eu comme un vertige. Ce n'est pas la première fois que cela m'arrive. Tout se brouille autour de moi et je me sens faible.
— Pourquoi ne m'as-tu rien dit ! s'exclama Eowyn en se relevant.
— Depuis quand cela dure ? ajouta Kaelan en resserrant son étreinte autour de moi.
— Depuis mon retour à la vie, révélai-je. J'ai remarqué que mon corps ne fonctionnait plus comme avant.
— Que veux-tu dire ?
— Je… Je ne saigne plus. Je suis désolée. Je refusais d'admettre la réalité c'est pour ça que je n'ai rien dit et je pense que cette faiblesse que j'éprouve est aussi liée à la perte de l'une de mes vies.

Un silence s'installa dans la chambre, je n'osai regarder mon compagnon en face. Eowyn se rassit près de moi et souleva mon visage.

— Oh, petite sœur, murmura-t-elle. Tu aurais dû m'en parler, j'aurais pu t'aider !

Incapable de répondre, Eowyn regarda Kaelan avec compassion et nous laissa seuls. Mon compagnon se releva pour se placer face à moi. Je n'avais pas la force de le regarder. Je pouvais sentir son désarroi et sa peine.

— Enora, regarde-moi, s'il te plaît. Je te demande pardon, murmura-t-il désemparé.

Choquée, je relevai la tête vers lui et ce que je vis sur son visage me perturba. De la culpabilité.

— Kaelan, non, c'est à moi de te demander pardon. À cause de moi, tu ne seras jamais père.
— Non, j'aurais dû te protéger. Si j'avais été un meilleur alpha et un meilleur compagnon, jamais Alistair ne t'aurait faite prisonnière. Tu n'aurais jamais dû te sacrifier pour essayer de le détruire.

Il me prit dans ses bras et nous partageâmes notre chagrin. Nous finîmes par nous endormir enlacés l'un contre l'autre dans une étreinte désespérée, comme si cela pouvait combler le vide en nous.

Septembre 1692, Eléonor

Alistair traînait derrière lui la sorcière en la tirant par les cheveux. Il la relâcha en la jetant sur le sol froid et dur, puis il fit signe à ses gardes de les laisser seuls. D'un geste, il referma violemment les portes de la grande salle avant d'inspirer et d'expirer profondément. Il reporta alors son attention sur sa proie. Celle-ci restait face contre terre, n'osant esquisser le moindre geste.

— Redresse-toi ! ordonna-t-il avec impatience.

Eléonor s'exécuta à contrecœur, redoutant le prochain coup qu'elle recevrait si elle désobéissait.

— Ta vision ne nous a menés à rien ! tempêta le chasseur en faisant les cent pas comme un lion en cage. Cela fait des jours que nous parcourons le Sidhe et que mes cohortes de démons arpentent le monde réel et il n'y a aucune trace de la pierre du destin !
— Je vous ai dit ce que je savais, murmura piteusement la jeune sorcière. Mes visions restent imprécises quant au lieu où elle se trouve. Il semblerait qu'elle soit déplacée à chaque fois que quelqu'un s'en approche de trop près.
— La belle affaire !

Il fonça vers sa victime et lui releva la tête en la tirant par les cheveux.

— Si tu ne fais pas davantage d'efforts, je n'ai plus aucune raison de te garder !

Il fit apparaître une dague dans sa main et alors qu'il s'apprêtait à l'enfoncer dans le ventre de sa victime, Eléonor déclara :

— Attendez ! Il y a quelque chose que vous devez savoir. La pierre du destin n'est pas ce qu'elle paraît.
— Qu'est-ce que tu racontes ?

— Il ne s'agit pas de rechercher une pierre, mais plutôt quelque chose qui a été façonné à partir d'elle.
— Fais preuve de plus de clarté ! ordonna Alistair en se mettant à sa hauteur.
— Il y a quelque chose dans mes visions, une sorte de rocher sur lequel s'asseyait les prétendants au pouvoir, il… il a été façonné en trône.

Alistair relâcha sa poigne et se releva. Il fit disparaître la dague et observa longuement la sorcière.

— Un trône dis-tu ? Voilà qui change beaucoup de choses. Ne m'as-tu pas dit qu'Enora avait accueilli deux nouveaux arrivants dans votre coven ? Deux chamans ?

Eléonor acquiesça, honteuse d'avoir révélé des informations à son ennemi.

— Donc il avait raison, murmura-t-il davantage pour lui-même que pour sa victime.

Il claqua des doigts et l'un de ses sbires apparut. Il marmonna des ordres et Eléonor perçut quelques bribes de leur échange. Le chasseur demandait à son second de rechercher le grimoire du coven noir qu'ils avaient détruit plusieurs décennies auparavant. Puis, il lui indiqua d'orienter ses recherches vers le trône et non plus la pierre. Le lieutenant s'éclipsa pour appliquer les ordres de son chef, le laissant à nouveau seul avec Eléonor.

— Tu vois, quand tu veux, tu peux être utile ! susurra-t-il en s'approchant d'elle.

Il écarta une mèche de ses cheveux emmêlés, puis il l'observa songeur. Il l'attrapa par le bras et s'éclipsa avec elle dans une autre pièce. Pétrifiée d'horreur, Eléonor avisa son nouvel environnement. Elle se trouvait dans une chambre au mobilier modeste. Alistair la relâcha et sortit dans le couloir. Il revint rapidement, suivi de Greta. La pauvre femme avisa la jeune fille terrorisée et jeta un regard courroucé à son fils qui l'ignora.

— Greta, veux-tu bien installer notre invitée dans ses nouveaux appartements ? Elle a enfin accepté de coopérer et gagner le droit à un peu de confort. Il faut la laver et ôter toute cette crasse et ce sang. Je compte sur toi. Je reviendrai dans la soirée.

Il disparut et Greta referma la porte avant de se précipiter vers Eléonor pour l'empêcher de tomber à nouveau. Elle se confondit en excuses, mais la sorcière garda le silence. Elle n'en voulait pas à Greta. Elle aussi n'avait pas le choix. Il lui fallait survivre, peu importe le prix à payer. Elle laissa la gouvernante la déshabiller et la conduire dans une salle d'eau où elle la baigna comme une enfant. Après des jours enfermés avec un seul repas par jour et aucune hygiène ce fut un réconfort immense que de se sentir à nouveau propre. Eléonor en pleura de soulagement tandis que Greta l'aidait à revêtir une robe blanche fluide à fines bretelles qui retombait sur ses chevilles. La petite femme s'appliqua à dénouer ses cheveux et à les tresser, puis elle la laissa le temps de revenir avec un plateau contenant de la soupe et des tartines de miel. Eléonor savoura ce repas copieux puis elle s'allongea lorsque Greta la quitta enfin.

Elle ne réagit pas quand Alistair fut de retour. Elle savait ce qui allait se produire. Après tout, n'était-elle pas oracle ? Elle avait tenu autant que possible avant de révéler des informations à Alistair, le mettant sur la piste du trône du destin. Il ne le savait pas, mais depuis son arrivée dans ce château lugubre, Ariane veillait sur elle et lui faisait parvenir des messages concernant le coven.

Elle savait qu'Eirin avait rejoint Enora. Les siens seraient bientôt là pour elle. En attendant, concentré sur sa recherche de la pierre, Alistair avait négligé ses autres projets et elle avait appris qu'Enora avait refermé une première porte. Si elle parvenait à refermer les autres passages, l'équilibre reviendrait alors dans le Sidhe et la réalité ne serait plus menacée. S'il savait pour Darren et Aïdan, il ignorait tout de Sybille et mieux valait que ce soit elle qui soit prisonnière du chasseur plutôt que la petite fille de sept ans.

Le chasseur ne disait rien, il la regardait avec convoitise. Il aurait pu la tuer dès le début et s'emparer de ses pouvoirs, mais il éprouvait un plaisir immense à la torturer, sans compter la possibilité de la posséder corps et âme ensuite. Il se plaça au-dessus d'elle et la força à le regarder dans les yeux tandis qu'il l'embrassait férocement. Il lui remonta sa robe sans ménagement et fit disparaître ses propres vêtements. Le contact de sa peau froide écœura la sorcière qui détourna la tête pour ne plus le voir. Les larmes coulaient sur ses joues. Lorsqu'il entra en elle, elle se raidit si bien que la douleur lui arracha un gémissement qui excita davantage son bourreau. Elle s'enferma au plus profond d'elle-même et ne desserra les poings que lorsqu'il eut achevé son affaire et qu'il se retira la laissant seule dans sa nouvelle prison. Elle se recroquevilla sur elle-même. Elle sentit à peine la présence d'Ariane qui lui demandait pardon de ne pas pouvoir la protéger de ce monstre. Elle l'encouragea à se lever pour se nettoyer et revêtir une autre robe. Puis elle se blottit dans le lit, bercé par la promesse que son calvaire prendrait bientôt fin.

Lorsqu'elle s'éveilla, Greta entrait dans sa chambre, lui portant son petit-déjeuner. Avisant l'état de la jeune femme, la gouvernante trembla et ramassa la robe de la sorcière jetée en boule dans un coin de la pièce. Elle lui déposa son plateau et se retira rapidement ne pouvant soutenir ce spectacle. Eléonor ne lui en voulut pas, elle sortit du lit et dévora son petit-déjeuner sans se poser de question. Elle parcourut ensuite sa nouvelle chambre du regard. Une cheminée était située au centre du mur face à son lit. Une commode, le guéridon et la chaise où elle était installée composaient le mobilier. Elle ne sentait pas les empreintes d'Enora ou d'Eirin, aussi supposa-t-elle qu'elle se trouvait dans une autre chambre que celles qui avaient abrité ses sœurs. Enora lui avait expliqué à quoi ressemblait celle où elle avait logé et surtout qu'il s'agissait de l'ancienne d'Eirin. Celle-ci plus modeste devait être dans l'aile des domestiques. Cela ne la troubla pas outre mesure. C'était mieux que la geôle d'où elle venait puisqu'elle dormait dans un lit confortable et bénéficiait d'une salle d'eau avec un cabinet d'aisances. Elle ne cherchait pas à résister, elle avait vu son avenir. Il était inéluctable. Tout ce qu'elle pouvait faire c'était de survivre et gagner du temps.

Chapitre XII

Septembre 1692, Enora

Enfin remise de mes blessures, je pus descendre retrouver les membres du coven. J'avisai Sybille en pleine conversation avec Eirin et Fergus et mon cœur se serra de bonheur pour ma pupille. Kaelan et moi n'avions pas reparlé de mon état. Eowyn devait venir me voir pour ausculter mon corps et essayer de comprendre ce qu'il m'arrivait, mais je souhaitais d'abord effectuer la cérémonie du lien afin de faire entrer officiellement Sybille et Eirin dans notre coven. Le fait que le corbeau ait pris l'initiative de me sauver la vie lors du combat contre les démons avait permis de réchauffer un peu les relations tendues, notamment entre les chamans et elle. Fergus trouva plus naturellement sa place parmi nous et particulièrement parmi Aïdan et Darren. Venant du même continent que le cerf, ils partageaient des points communs et voir le druide enfin s'ouvrir faisait plaisir à voir. Mes sœurs, bien qu'encore méfiantes, semblaient approuver le retour d'Eirin. Cette dernière restait discrète. Depuis notre incursion dans son passé, elle avait perdu sa morgue habituelle. La mélancolie avait remplacé l'orgueil dans son regard et elle ne semblait tout à fait libre d'être elle-même que lorsqu'elle se trouvait avec Fergus et Sybille. Qui aurait cru que le fait d'avoir sa propre famille apaiserait la sorcière ? Lorsqu'elle surprenait mon regard sur elle, elle esquissait un sourire discret, mais restait distante. Entre leur arrivée, mes blessures et l'organisation de la cérémonie, une semaine s'écoula. Ce fut un soir de pleine lune pour Mabon, l'équinoxe d'automne, que nous effectuâmes le rituel.

Nous nous rendîmes en silence au cromlech de Danann. Vêtue de ma robe de cérémonie, je fis signe à Eirin et à Sybille de me rejoindre au centre de notre cercle. Avec fierté et émotion, Eirin me confia d'abord l'une des deux mains de sa fille adoptive et lui tint l'autre pour la soutenir tandis que j'entaillai avec douceur la paume tendue vers moi. Sybille n'émit aucun son et ne trembla même pas. Elle garda son regard résolu plongé dans le mien. Eirin leva ensuite les yeux vers moi, hésitante. Puis voyant que je l'observai avec bienveillance, elle me donna sa main et je répétai l'action.

— Eirin, héritière du clan du corbeau, fille d'une lignée de sorcières, promets-tu de tout mettre en œuvre pour protéger l'équilibre entre le Sidhe et notre monde tout en contribuant à la protection des innocents ?
— Je le promets, déclara-t-elle solennellement soutenant mon regard.

— Sybille, héritière de la lignée des Warren, adoptée par une métisse et par un druide, prophétesse en devenir, acceptes-tu de lier ta destinée à la nôtre pour œuvrer à la protection des innocents ?
— Je le promets, répondit l'enfant en se redressant.
— Sous l'œil des divinités, vous êtes à présent membres de notre assemblée. Unis, mais distincts, libres, mais jamais séparés, nous formons un seul et même clan. Qu'il en soit ainsi, énonçai-je d'une voix forte.

Tenant les paumes de nos aspirantes, je fermai les yeux et les auras apparurent. Je perçus tout l'espoir ressenti par les miens devant cette union. Je tissai le lien entre Sybille et nous, puis lui transmis la marque du coven. Désormais, elle bénéficierait de notre protection où qu'elle soit. Ensuite, je me tournai vers Eirin. La tête inclinée, je pus percevoir dans son aura le corbeau fièrement dressé autour d'elle. De lui n'émanait aucune rage ni volonté de pouvoir, seulement une paix tranquille et la certitude de rendre à son peuple injustement massacré sa place dans notre monde. Je tissai le lien entre Eirin et nous et lui apposai ma marque brisant son lien avec Alistair. Enfin, je mis fin à notre connexion et, avant de clore le rituel, je fis signe à Fergus d'entrer dans le cromlech. Surpris, le druide regarda Eirin qui haussa les épaules, aussi étonnée que lui. Je demandai à nos nouveaux membres de se diriger dans le cercle. Kaelan tendit la main vers Sybille qui le rejoignit. Eirin se plaça à ses côtés et tendit la sienne à Eowyn qui l'accepta sereinement.

Fergus entra à son tour, il s'inclina devant moi,

toujours abasourdi.

— Fergus, tu as marché sur le chemin de la rédemption et nos routes se sont entremêlées. Dans ta quête, tu as su sauver Eirin et Sybille du mal en leur offrant la sécurité et l'amour dont elles avaient besoin. Pour tes actes, nous te jugeons prêt à rejoindre notre assemblée. Le souhaites-tu ?
— Ce serait un honneur, oui, murmura-t-il en me regardant intensément.

Lui seul connaissait chacun des actes que m'avait infligés Alistair lors de ma captivité au château. Il avait atténué comme il avait pu mes souffrances, me maintenant en vie jusqu'à l'intervention du coven. Je procédai au rituel en liant le dernier membre de notre assemblée. Lorsque nous achevâmes le sort, je lus dans le regard du druide sa volonté de nous prouver sa loyauté en l'acceptant parmi nous. C'est la tête haute qu'il rejoignit Eirin et Sybille. Celle-ci sauta dans ses bras en l'appelant « papa ». Leur bonheur me réjouit, mais lorsque je posai les yeux sur Kaelan, je vis son regard hanté par un profond regret. Me sentant coupable je baissai les yeux et remontai vers le manoir. Les chamans rentrèrent à la clairière avec Eowyn, Aïdan et Darren. Aldric et Eilin rentrèrent à Salem tandis que nous retournions au manoir avec Eirin, Fergus et Sybille.

Je m'éveillai un peu avant l'aube. La nuit avait été courte du fait du rituel nocturne en l'occasion de Mabon, mais je ne parvenais plus à dormir. Le moment où j'allais enfin pouvoir partir à la recherche d'Eléonor approchait. À présent que les six gardiens étaient réunis, nous avions accompli la première volonté de la déesse. Désormais, il nous fallait retrouver notre sœur prisonnière puis empêcher Alistair de trouver le trône façonné à partir de la pierre du destin et ainsi d'acquérir de puissants pouvoirs l'élevant au statut d'une divinité. Samhain approchait et cette date serait fatidique dans l'exécution du plan du chasseur. Je me préparai une tisane puis sortis dans le jardin afin de profiter des premières lueurs de l'aube. Je ne fus pas surprise de sentir la présence d'Eirin dans mon dos, les épaules entourées d'un châle et ses cheveux retombaient dans son dos.

Elle était toujours aussi belle, mais pour la première fois je ne ressentis plus de jalousie. J'avais appris à m'aimer et à m'accepter telle que j'étais. Je lui fis une place sur la margelle, nous restâmes un moment, silencieuses. Eirin étendit ses jambes devant elle et rompit finalement le calme matinal :

— C'est étrange, n'est-ce pas ?
— Quoi donc ?
— D'être ici, ensemble, comme si rien ne s'était passé.

Je réfléchis un instant, choisissant mes mots avec soin avant de lui répondre :

— Je n'ai pas cette impression, repris-je finalement. Si rien ne s'était passé, nous n'aurions jamais pu savourer la présence l'une de l'autre sans avoir besoin de combler le silence.

Eirin me regarda, abasourdie, puis, peu à peu, un sourire éclaira son visage.

— Je crois que je vais avoir du mal à m'habituer à la version pleine de sagesse d'Enora !
— Quant à moi, c'est à l'Eirin agréable que je vais devoir m'habituer, la taquinai-je.
— Je crois que l'on est passé à côté l'une de l'autre durant toutes ces années. Je suis consciente de mes fautes, mais je crois que je commence à entrevoir l'avenir, reprit-elle pensivement.
— Avec Fergus ?
— Oui. Il m'a montré, par sa propre histoire, comment marcher sur la voie de la rédemption. J'ai toujours pensé que j'assumais mes actes. Aujourd'hui, j'assume mes erreurs, mais je les regrette. Je te remercie de m'accorder une seconde chance. Sans toi je crois que je me serais perdue dans les ténèbres.
— Tu es plus forte que tu ne le penses.
— Mais pas autant que toi, affirma-t-elle sans hostilité en plongeant ses yeux bleus dans les miens.

Je soutins quelques instants son regard puis reportai mon attention sur la nature.

— Je me dis souvent que tu aurais fait une meilleure matriarche que moi, avouai-je lentement. Tu es plus puissante, plus sûre de toi, la magie a l'air tellement simple quand tu la pratiques.
— Il est vrai que j'ai des facilités pour l'apprentissage de la magie, même la nécromancie n'a pas de secret pour moi. Mais je sais aujourd'hui que c'est grâce à ma nature de corbeau. J'étais prédisposée à frayer avec la mort, réfléchit-elle. En revanche, devenir matriarche aurait été une erreur. Je pensais trop à moi, j'aurais été incapable d'agir comme tu l'as fait, d'aller jusqu'à sacrifier ma vie pour les autres. Tu fais preuve d'abnégation, tu es prête à t'oublier au profit des innocents. Lorsque tu m'as invitée à rejoindre ton assemblée, tu m'as dit que je serai libre et indépendante et tu as tenu ta promesse. Mais en ce qui te concerne, tu sembles prisonnière de ta propre toile. Ne fais pas comme Ariane, ne t'oublie pas en chemin.

Elle replaça une mèche de mes cheveux derrière mon oreille. Je l'observai, touchée par ses mots avant de lui confier.

— J'ai l'impression que quelque chose est mort en moi, depuis… Je ne pourrai jamais avoir d'enfants.

Elle resta figée par la nouvelle. Elle plissa les yeux, semblant réfléchir intensément, puis elle s'écarta de moi. Elle ferma les yeux et je vis l'aura de son corbeau se déployer autour d'elle. Je restai immobile face à ce phénomène. L'oiseau posa ses yeux noirs sur moi et je fus surprise d'y déceler à nouveau de la douceur. Eirin guetta mon accord et je hochai la tête incapable de craindre cet oiseau pourtant synonyme de mauvais augure pour le commun des mortels. J'étais une sorcière, un chat noir, si quelqu'un pouvait comprendre et voir au-delà des apparences et des préjugés, c'était bien moi ! Le corbeau déploya ses ailes et m'entoura. Je baissai mes barrières pour le laisser entrer. Un souffle frais me traversa, me sondant, puis se retira en douceur. L'aura diminua jusqu'à disparaître ma laissant à nouveau face à Eirin. Elle inspira et expira profondément. Elle apprenait vite à maîtriser sa nouvelle magie, mais cela lui demandait beaucoup de concentration. Avec le temps, ses prises de contact avec l'esprit du corbeau ou ses transformations seraient plus naturelles. Elle tituba puis s'agenouilla à même le sol pour me regarder bien en face.

— Enora, la mort n'est pas en toi, murmura-t-elle. Bien au contraire, c'est la vie qui grandit à l'intérieur de toi.
— C'est impossible ! Je l'aurais senti si… Je ne saigne plus depuis ma captivité auprès d'Alistair, puis il y a eu ma mort et…
— Je ne suis pas la mieux placée pour éclaircir tout ça, mais je suis formelle. Enora, tu es enceinte !

Interloquée, je fus incapable de lui répondre. Cela n'avait aucun sens ! Sentant l'angoisse monter en moi, Eirin me conseilla de fermer les yeux et d'inspirer lentement. Je l'écoutai et me concentrai sur ma respiration. Peu à peu, j'entrai dans un état proche de la transe puis je plongeai vers la source de ma magie. Celle-ci était intacte et puissante, ce qui me rassura. Au lieu de m'arrêter là, je tentai d'aller plus loin pour la première fois. Sondant mon corps à la recherche d'un je ne sais quoi d'anormal, je distinguai ma forme de chat roulée en boule près du centre de ma magie. Je m'avançai vers le félin qui leva la tête à mon approche. Ses yeux dorés me fixèrent un moment, puis la chatte se redressa et dévoila le trésor dissimulé entre ses pattes. Je tressaillis. La vie était là. Je pouvais la sentir. J'ouvris brusquement les yeux, à bout de souffle.

— Il faut que je voie Eowyn, soufflai-je.

Eirin acquiesça puis nous remontâmes au manoir. Je me dirigeai vers ma chambre pour aller me laver et m'habiller tandis qu'Eirin interpellait Kaelan. J'étais incapable de lui parler pour le moment. Il me fallait des réponses.

 Je me lavai rapidement et enfilai une chemise et jupe longue avant de relever mes cheveux en chignon puis je retournai dans ma chambre. Quelqu'un frappa à la porte doucement et je vis avec soulagement Eowyn apparaître dans l'entrebâillement. Je lui fis signe d'entrer. Je pouvais sentir le désarroi et la détresse de Kaelan de l'autre côté de la porte. Eirin n'avait rien dit à personne, elle savait mieux que quiconque ce que je ressentais et je remerciai la déesse de nous avoir permis de construire une nouvelle relation. Eowyn s'assit près de moi, je pouvais sentir son angoisse. Je lui expliquai alors ce qu'il s'était passé avec Eirin, avec l'esprit du corbeau puis ce que j'avais vu lorsque je m'étais plongée en moi-même. Elle m'écouta avec son air impassible qu'elle prenait quand elle était face à ses patients afin de ne trahir aucune émotion. Lorsque j'eus terminé mon explication, elle me demanda de m'allonger et, avec mon accord, elle remonta ma chemise sous ma poitrine afin d'examiner mon ventre. Je lui assurai n'avoir eu aucun saignement depuis mon retour à la vie. Elle palpa mon corps avant d'apposer ses mains pour sonder à la fois mon enveloppe corporelle et magique. Je la vis froncer les sourcils puis insister encore un peu avant de se relâcher et d'ouvrir un regard empreint de bienveillance sur moi.

— Enora, je crois qu'Eirin a raison, déclara-t-elle enfin.
— Mais je n'ai pas saigné…
— Je sais, nous en avions parlé. Je t'avais dit que ton corps devait se remettre du traumatisme à la suite de ta captivité. Mais, dis-moi, as-tu eu des relations avec Kaelan durant cette période complexe ?
— Je… Oui, en effet, murmurai-je les joues rouges. Mais après je suis morte, lui rappelai-je tendue.
— Je ne sais pas comment l'expliquer, déclara-t-elle enfin. Mais tu es enceinte !

Je me laissai retomber sur mon oreiller. Eowyn rabaissa ma chemise et me sourit.

— Enora c'est un miracle !
— Non, ce n'est pas possible, persistai-je.
— Peut-être que Kaelan pourrait nous aider à comprendre…

— Non ! Non, je t'en prie, je ne veux pas lui donner de faux espoirs.
— Bon, calme-toi, laisse-moi réfléchir.

Je l'observai faire les cent pas dans ma chambre. Elle s'arrêta puis claqua des doigts.

— Je sais ! Aïdan pourra nous aider ! Sa sagesse est grande et il connaît bien les enfants des chamans.
— Il t'a parlé de sa famille ? l'interrogeai-je, stupéfaite.
— Bien sûr ! Je suis consciente qu'il a eu une vie avant moi tu sais, répondit-elle avec douceur.
— Alors, vous deux …
— Hum, disons que nous apprécions la compagnie l'un de l'autre, mais ne change pas de sujet ! Je vais le chercher, ne bouge pas !

Elle fonça comme une furie vers la porte qu'elle referma sur le nez de Kaelan puis j'entendis du chahut auquel succéda le silence et à nouveau des éclats de voix.

J'en déduisis que l'un d'eux avait dû contacter le chaman. Il frappa doucement à la porte et entra avec Eowyn. Je la laissai tout lui expliquer, trop sonnée pour me répéter à nouveau. Je les écoutai d'une oreille distraite lorsque le chaman du cerf s'approcha de moi. Il posa une main bienveillante sur la mienne et me demanda de lui dire précisément ce que j'avais vu. Je lui parlai alors du chat et de l'étincelle de vie. Il hocha la tête puis il fit signe à Eowyn de s'asseoir près de moi.

— Enora, vous n'êtes pas une sorcière ordinaire, commença-t-il. Vous êtes à la fois sorcière, dreamcatcher, mais aussi métamorphe et capable de canaliser les esprits de nos totems. Il était évident que votre enfant ne serait qu'extraordinaire.

Les larmes me montèrent aux yeux. N'osant y croire je le fixai sans rien dire.

— Je comprends votre angoisse et votre perplexité. D'après ce que votre sœur m'a dit, votre corps a été perturbé par les violences subies. Mais la vie a été plus forte. Un début de vie s'est mis en route peu avant votre mort. Votre chat a protégé cette étincelle en la gardant en lui pour vous permettre de revenir à la vie sans que cela n'affecte cet embryon.

Ces explications me saisirent par leur logique. Je posai les mains sur mon ventre avec inquiétude.

— Mais alors, pourquoi je ne le sens pas ? Si ce que vous dîtes est vrai, alors j'entre dans mon quatrième mois, mais je n'ai aucun ventre, aucune sensation.
— Ce n'est pas tout à fait vrai, intervint Eowyn, souviens-toi de tes vertiges, ta fatigue.
— C'est une situation inédite, avoua le chaman. Mais il semblerait que votre chat en protégeant cette vie, vous ait déconnecté d'elle. Jusqu'à ce que vous soyez prête à la protéger vous-même.

Bouleversée, je posai les mains sur mon ventre. Eowyn

m'embrassa sur le front et me demanda si elle pouvait faire entrer Kaelan. Je hochai la tête, incapable de prononcer un seul mot. Aïdan s'éclipsa avec ma sœur lorsque mon compagnon fut enfin dans la chambre. Inquiet, Kaelan se plaça instinctivement près de moi, attendant que je sois prête à lui expliquer la situation, ce que je parvins à faire avec des mots hachés. J'avais l'impression d'être folle. Peu à peu, son visage s'éclaira et la joie qui le transfigura me saisit. Je me tus le laissant faire appel à son loup. L'aura l'entoura et avança timidement vers moi. Je sentis quelque chose en moi comme un écho lointain et je fermai les yeux. Je retrouvai la chatte près de la source de mon pouvoir, elle tenait dans sa gueule une source de lumière. Elle m'observa, guettant ma réaction, et je lui tendis les mains. Elle secoua la queue visiblement satisfaite et déposa la lumière dans mes mains. Celle-ci prit la forme d'un petit louveteau aux yeux vairons, un vert comme Kaelan, l'autre noir comme les miens. Je caressai avec douceur son pelage noir et remarquai que ses pattes étaient blanches. Il ouvrit les yeux et je sus avec certitude que ce petit être était bien notre enfant. Je revins à moi et sentis pour la première fois un mouvement dans mon ventre. Kaelan le perçut aussi et je lui partageai ma vision de notre bébé. Un louveteau donc, qui avait reçu l'héritage du chaman, mais aussi ses yeux vairons promettant un savant mélange de nos deux êtres.

    Partagés entre la joie et l'incrédulité, nous restâmes longuement dans la chambre à discuter de notre avenir, de cet enfant, de nos sentiments incongrus. Puis, lorsque nous fûmes prêts, nous descendîmes annoncer la nouvelle à notre famille. Sybille sauta de joie et embrassa mon ventre en promettant de veiller sur ce petit être. Lyam et Nissa félicitèrent avec émotion leur frère, Tessa et Aloys nous embrassèrent. Mes sœurs organisèrent un repas de fête autour duquel nous échangeâmes dans les rires et la joie. Je n'oubliais pas Eléonor. Il fut décidé que nous partirions à sa recherche, Kaelan, Eirin, Darren, Aïdan et moi, dès le lendemain. Nissa était déçue de ne pas faire partie de l'équipe, mais il nous fallait garder des forces pour protéger le monde réel en notre absence. Lyam et Elissa prendraient notre place à la tête du coven, en attendant notre retour. Fergus protégerait Sybille et Enaël avec Nissa tandis qu'Eowyn, Eilin, Aldric, Tessa et Aloys se chargeraient des réfugiés et des humains. Je remarquai que le lynx m'observait avec un sourire en coin. La nouvelle de ma grossesse ne semblait pas l'avoir étonné et je me demandai si, en tant que félin, il avait perçu ce que le mien avait fait. Je ne pus toutefois l'interroger tant l'excitation était grande. Nous allâmes nous coucher, emplis du bonheur et de la certitude que, quoiqu'il arrive, nous ferions tout pour concrétiser cet avenir. La vie était plus forte que la mort.

Chapitre XIII

Septembre 1692, Enora

Le lendemain, nous mîmes à exécution notre plan d'attaque. Accompagnée de Kaelan, Darren, Aïdan et Eirin, j'ouvris le passage menant au monde onirique et nous nous dirigeâmes à l'intérieur sous les yeux inquiets de Fergus et de Sybille. Il n'était pas question pour nous d'exposer l'enfant plus que nécessaire et j'espérais que le fait que nous soyons liés par le coven suffirait à reproduire l'union des gardiens, tel que l'avait pensé la déesse. Lorsque nous arrivâmes dans le paysage onirique, mes compagnons chamans revêtirent leur forme animale. Pour ma part, je gardai forme humaine. À la suite du compte-rendu que j'avais fait à Kaelan, relatant ma découverte de l'arche menant du monde onirique au purgatoire, nous avions décidé de retourner là-bas afin de la franchir. D'après Eirin, le niveau des démons se trouvait juste après le purgatoire et c'était en ce lieu que se trouvait également le château d'Alistair et donc Eléonor. Je ne voyais plus mes compagnons, mais je pouvais sentir leur présence autour de moi. Le loup et le cerf étaient partis ensemble tandis que l'aigle guidait le corbeau encore malhabile avec ses ailes. J'avançai sans me soucier d'être exposée à la vue de tous. Je sentais que je ne serais pas attaquée, pas ici. Après tout, le monde onirique était le mien. En tant que dreamcatcher, j'en étais la gardienne et, depuis que j'avais refermé le passage, les démons ne pouvaient plus s'y rendre aussi facilement qu'avant. S'ils tentaient de le faire, je le sentirais. Les rêveurs seraient désormais en sécurité. Depuis que j'avais réparé le sceau de l'arche, aucune nouvelle attaque n'avait eu lieu. Ainsi le combat que nous avions mené toutes ces années avec Ariane aurait pu être plus rapidement solutionné si nous avions découvert qu'il existait de telles arches. Je secouai la tête. Même si nous l'avions su, j'étais trop novice à l'époque et j'aurais été incapable de comprendre qu'en tant que dreamcatcher je pouvais réparer le sceau. Les dunes apparurent, puis enfin la vallée verdoyante avec, en son centre, l'arche. Mes compagnons me rejoignirent et attendirent quelques pas derrière moi. Je levai la main et le sceau apparut. Il était toujours intact. J'apposai ma main dessus et le passage s'ouvrit. Je laissai mes compagnons entrer puis fermai la marche pour m'assurer que personne ne profiterait du passage.

Nous nous retrouvâmes dans le paysage gris et ténébreux du purgatoire. Cette fois, ce fut Eirin qui nous guida. Je lui emboîtai le pas tandis que Kaelan et Aïdan restaient derrière moi aux aguets. Je notai la présence d'âmes errantes. Elles ne nous prêtèrent aucune attention. En les observant, je réalisai qu'elles parlaient toutes seules comme si elles étaient prisonnières de leurs esprits.

Vêtus de longues robes grises, hommes, femmes et

vieillards attendaient de pouvoir poursuivre leur ascension. Pour cela, il fallait qu'ils parviennent à comprendre les erreurs commises durant leur vie afin de pouvoir s'élever et rejoindre le cosmos où leurs âmes se réincarneraient jusqu'à s'affranchir de leur peine pour atteindre le niveau des anges. Dans le cas contraire, ils perdraient définitivement leur âme et deviendraient des êtres démoniaques. Le corbeau émit un croassement qui me fit sursauter. Je sentis le museau du loup de Kaelan me pousser gentiment la main pour me ramener à la réalité. Je le rassurai d'un sourire et posai la main sur mon ventre. Je ne devais pas me perdre ici. Nous avions une mission à accomplir. Je me remis en marche d'un pas décidé, fournissant des efforts pour ne plus regarder les âmes. Au bout d'un certain temps, nous atteignîmes une colline recouverte de cendres. Je relevai les yeux vers l'aigle et le corbeau qui nous guidaient, puis j'aperçus la même structure de pierre qui formait l'arche dans le monde onirique. J'ajustai ma ceinture, mon ventre était légèrement rebondi depuis la veille. Selon Eowyn, c'était une des conséquences du fait d'avoir pris conscience que j'étais bien enceinte. Le bébé n'avait plus besoin de se cacher désormais. Le loup de Kaelan resta près de moi durant la montée, s'assurant que je ne glisse pas. Le bas de ma robe de voyage et de ma cape d'un rouge sombre était recouvert de cendres. Il n'y avait aucune prise à laquelle me raccrocher, aussi je mis un peu de temps à atteindre le sommet. Quand j'arrivai en haut, je ne perdis pas un instant et apposai ma main sur le sceau. Mais cette fois, il n'eut aucune réaction. Je réfléchis un instant puis avisai le lieu où je me trouvais. Je n'étais plus sur le plan des rêveurs, mais sur celui des esprits des morts attendant de pouvoir poursuivre leur cycle. Ce n'était plus à mon don de dreamcatcher qu'il fallait que je m'adresse, mais à celui en lien avec la mort. Je fermai les yeux un instant et sollicitai la magie du corbeau via mon lien avec Eirin. Elle me laissa accéder à sa magie et j'en prélevai une étincelle avant de m'entailler la paume de main et de l'apposer sur le sceau brisé. La magie opéra et le sceau se reforma. Je l'ouvris à nouveau pour que nous puissions passer dans le niveau suivant et refermai derrière moi le portail.

Nous avions réparé deux des quatre arches séparant les niveaux du Sidhe. La troisième était celle du monde des démons et la quatrième, encore intacte, était celle des anges. Si Alistair pensait déstabiliser l'équilibre entre le Sidhe et notre monde, nous venions de lui prouver que ce ne serait plus aussi simple désormais. Nous en étions les gardiens. Les loups et moi-même représentions le monde onirique, Eirin et le corbeau le purgatoire, Darren et l'aigle le niveau des anges, tandis que le niveau des démons devrait être sous le pouvoir du cerf et de la prophétesse. Encore enfant, il n'était pas question de rendre Sybille responsable d'un tel fardeau, mais je ne doutais pas qu'une fois la situation rétablie, Aïdan exécuterait sa mission avec brio. Pour l'heure, Eirin reprit forme humaine et s'avança à ma hauteur. Les hommes restèrent sous leurs formes animales et attendirent notre décision.

— Le château d'Alistair est au centre du monde des démons. Il est protégé par un dôme, mais avec un peu de chance nous devrions pouvoir y entrer. J'ai participé à la confection de ce dôme, je devrais être en mesure d'ouvrir une brèche avec la magie de sang, explique-t-elle sombrement.

Je posai ma main sur son épaule en guise de soutien puis lui assurai que je lui faisais confiance. Nous remontâmes nos capuches, camouflant nos visages. L'aigle, le loup et le cerf se fondirent dans l'environnement pour rester discrets. J'emboîtai le pas d'Eirin. Désormais sur le même plan qu'Eléonor, je retrouvais le lien avec elle. Je pouvais ressentir son désespoir et sa peur.

Il était plus que temps de la retrouver. Je fus étonnée de constater que les démons avaient aménagé les lieux à la manière d'une grande ville. Construites sur un plan en étoile, les bâtisses convergeaient toutes vers le même point : une vaste étendue désertique au-dessus de laquelle flottait le repaire du chasseur. Je me figeai, assaillie par les images de ma captivité. La torture, le fouet et le tisonnier. La faim, le froid et le sommeil qui n'était jamais réparateur. Et dans toute cette horreur, Greta, seul espoir qui m'avait maintenue en vie. Eirin s'était arrêtée, sentant mon trouble, mais je la rassurai et secouai la tête avant de me remettre en marche. Je n'étais plus la proie désormais, j'étais le prédateur. Du moins, c'est ce dont j'essayais de me convaincre. Après avoir traversé sans encombre les rues désertes et pavées de pierres noires, nous atteignîmes le dôme. Eirin entailla sa main et ferma la connexion avec notre coven pour ne pas dévoiler son changement d'allégeance à la barrière protectrice. Une fissure s'ouvrit et Eirin me fit signe de m'y glisser rapidement. Les chamans m'y suivirent et Eirin ferma le passage. Reconnaissant les lieux, je pouvais désormais ouvrir une porte pour atteindre directement l'intérieur du château. S'éclipser d'un endroit à un autre ou ouvrir un portail menant vers un endroit précis n'était en effet possible que lorsque nous le connaissions spatialement. Désormais nous étions cinq à pouvoir visualiser ce qui nous le permettrait, mais seulement quatre à pouvoir nous téléporter. Eirin ne maîtrisait pas encore cette capacité et, pour ma part, il s'agissait plutôt d'ouvrir une porte plutôt que de m'éclipser ce qui était légèrement moins rapide.

Nous joignîmes nos mains, puis j'ouvris une porte. Celle-ci donnerait dans le sous-sol du château, au niveau des geôles. Eléonor devait sûrement s'y trouver et j'espérai juste que le chasseur n'y serait pas, afin de ménager l'effet de surprise. Nous ne perdîmes pas davantage de temps et traversâmes le portail. Lorsque nous sortîmes dans le couloir sombre des cachots, la puanteur des lieux nous saisit tous à la gorge et il nous fallut quelques secondes pour nous habituer à la pénombre. Eirin fut surprise de se découvrir une nouvelle vision grâce à son corbeau. Pour ma part, je fis appel à mon alter ego félin pour ne pas être un poids mort pour mes camarades dotés d'une excellente vue. Je remerciai intérieurement Aldric sans qui je serais bien démunie aujourd'hui. Nous parcourûmes silencieusement le couloir. Tout était désert, si bien que le doute m'assaillit. D'abord, la ville démoniaque où nous n'avions croisé aucun démon, à présent ce lieu vide de prisonniers et de tortionnaires. Quelque chose clochait. J'arrivai au niveau de la geôle que j'occupais autrefois et mon cœur se serra en sentant la présence d'Eléonor. Des traces de sang et de bandages déchirés jonchaient le sol. La blessure de ma sœur me revint en mémoire. Pourvu que nous n'arrivions pas trop tard… Notre lien était toujours là, bien que de plus en plus faible. Je décidai de monter seule les escaliers menant au couloir malgré les protestations de Kaelan. Je réussis à le convaincre d'aller explorer les autres ailes du château à l'aide de la visualisation des lieux envoyés par Eirin via notre lien. Ils se divisèrent puis disparurent. Kaelan attendit que je sois en haut de l'escalier pour s'éclipser. J'inspirai profondément.

Nous séparer n'était peut-être pas la meilleure des idées, mais si nous devions nous jeter dans un piège, je préférai y tomber la première afin que mes compagnons puissent s'enfuir. Mon objectif était de sauver Eléonor et je comptais bien la ramener à la maison. Je l'avais promis à Nissa.

Avant de sortir de la modeste protection offerte par la pénombre, je décidai de prendre ma forme de chatte. Ce serait moins évident pour me battre, mais je serais plus discrète ainsi. J'avançai furtivement dans le couloir me dissimulant derrière chaque recoin. Contrairement à l'époque où j'y étais captive, cette fois toutes les portes étaient ouvertes. Toutefois, la plupart des pièces étaient inoccupées avec des draps étendus sur les meubles. Je passai devant la chambre d'Eirin et vis avec un pincement au cœur qu'elle était entièrement noircie. Alistair avait dû y mettre le feu en représailles à la suite de sa défection. Visiblement Eléonor n'y était jamais venue. L'aile semblait désertée, aussi je poursuivis mes pérégrinations. Des éclats de voix me parvinrent et je me dissimulai rapidement sous une commode rasant le sol. Des démons passèrent sans noter ma présence et je courus vite dans la direction d'où ils venaient. Un nouvel escalier, un nouvel étage et, mis à part, des gardes démoniaques ou non, aucune trace de ma sœur. Je commençais à perdre espoir dans ce dédale d'étage, de couloirs, de pièces. Je m'arrêtai quelques instants pour reprendre mon souffle et réfléchir. Je ne pouvais pas continuer ainsi, cela prenait trop de temps et augmentait le risque de me faire repérer. Ma forme féline camouflait mon aura de sorcière, mais si les démons venaient à me voir, ils comprendraient aussitôt qui j'étais. Je sentis un courant d'air et m'étonnai avant de ressentir la présence familière de l'esprit d'Ariane. Je ne pouvais la voir, mais je l'entendis me murmurer :

— *Rejoins l'étage des domestiques. Trouve Greta et tu trouveras ta sœur.*

Je sondai les lieux puis je redescendis quatre étages et trouvai le quartier des domestiques. Ici, il avait du mouvement, mais je ne ressentais pas de magie, uniquement des personnes comme Greta, sûrement ramenées ici par Alistair. Chacun s'affairait en silence, les mines étaient sombres. Je passai par une cuisine, une lingerie, un atelier, puis par une porte dérobée qui menait à un couloir desservant les modestes chambres de ces âmes errantes. Je me servis de mon flair pour humer l'air et perçus une fragrance familière : le parfum de Greta. Je suivis la senteur de bois de santal et arrivai devant un battant de bois pas tout à fait clos. Vérifiant que personne n'avait remarqué ma présence, j'entrai par l'entrebâillement puis observai les lieux. Je perçus trop tard le bruit de pas derrière moi et la porte qui se fermait dans mon dos. Je fis volte-face, mais me détendis en reconnaissant le visage fatigué, quoique toujours bienveillant, de la gouvernante. Abasourdie elle me regarda, les yeux ronds de curiosité.

— Mais que fais-tu ici petit chat ? Tu t'es perdu ? C'est un drôle d'endroit pour fureter. Viens par ici que je te remette dehors. Si le maître te voit, il en sera fait de toi !

Elle tenta de m'attraper, mais je l'esquivai et bondis de l'autre côté du lit. Je repris forme humaine tandis qu'elle faisait le tour pour me rattraper. Elle se figea lorsqu'elle me vit. Les larmes lui montèrent aux yeux et elle cacha sa bouche de sa main comme pour retenir un cri.

— Par la déesse, Enora ! J'ai eu si peur pour toi ! Quand Alistair est revenu, il était dans une telle colère ! Et puis il y a eu la petite Eléonor… Attends, mais tu peux te changer en chat ?

— Doucement, Greta ! Je suis désolée, je n'ai pas le temps de répondre à tes questions, je viens récupérer ma sœur.

— Bien entendu.

— Sais-tu où elle se trouve ?

— Oui…

— Nous pourrons discuter de tout ça dès que nous serons loin d'Alistair, l'assurai-je en lui prenant les mains.

Elle hocha la tête, encore secouée et essaya de remettre de l'ordre dans ses esprits. Elle m'expliqua rapidement qu'Eléonor avait été retenue dans la même cellule que la mienne jusqu'à ce qu'elle coopère avec Alistair. Depuis, elle logeait dans une chambre dans l'aile des domestiques. Greta avait fait ce qu'elle avait pu pour veiller sur elle, mais je connaissais ses limites. Elle me conduisit dans la chambre d'Eléonor, après s'être assurée que la voie était libre. Elle referma la porte derrière nous tandis que j'observais les lieux. La pièce était modeste et exiguë. Je pouvais y sentir la présence de ma sœur, mais elle n'était plus ici. Pour la questionner sur l'endroit où nous pourrions chercher désormais, je me tournai vers Greta. Je me figeai, glacée devant son air malveillant.

— Tu croyais que cela serait aussi simple ? déclara-t-elle en avançant vers moi.

— Greta ? Mais je croyais…

— Greta est faible ! J'ai dû prendre mes précautions ! Quand j'ai senti la présence d'Eirin sous le dôme, j'ai compris que vous veniez récupérer votre précieux oracle. Mais voyons, Enora ! N'as-tu donc rien n'apprit à mes côtés ?

Je gardai le silence, l'angoisse me tenaillait le ventre. Les traits de Greta se déformèrent pour laisser place à ceux d'Alistair. L'air triomphant, il fit apparaître une dague entre ses mains.

— Ma douce Enora, j'ai attendu ce moment avec impatience je dois le reconnaître. Mais je compte bien t'arracher chacune de tes maudites vies de chat avant de t'envoyer pour de bon dans la mort !

Je me redressai, prête à l'affronter.

— Eh bien, vas-y chasseur ! Tue-moi ! Après tout, selon les règles que tu as mises en place désormais, la mort n'est qu'une farce ! Même si tu me tues, je reviendrai comme tu l'as fait !

Il tressaillit, semblant chercher un sens caché derrière mes propos. Il fronça les sourcils et s'arrêta face à moi. Il posa la lame de sa dague contre mon cou. Je ne me dérobai pas.

— Je pourrais me défendre, repris-je. Je pourrais t'envoyer contre le mur. Mais, tu vois, je n'ai plus peur de toi ! Grâce à toi, la mort n'est plus qu'un mot. Si elle n'existe plus, de quoi veux-tu que tes ennemis aient peur ?

— Tu marques un point, admit-il finalement. Je ne vais peut-être pas te tuer tout de suite. Je savais que tu étais intelligente. Je vais peut-être pouvoir faire quelque chose de toi, après tout.

Il m'attrapa par le bras et s'éclipsa avant que je ne puisse le repousser. Nous arrivâmes dans une grande salle qui devait servir de salle de banquet ou de bal s'il y en avait dans ce monde. Mon attention fut tout de suite attirée par plusieurs animaux enfermés dans des cages. Avec horreur, je réalisai qu'il s'agissait en fait de mes compagnons. Je me précipitai sur les barreaux retenant le loup noir qui tenta de me prévenir, mais trop tard. Une onde de choc me propulsa plusieurs mètres en arrière. J'entendis le chasseur émettre un ricanement derrière moi tandis qu'il s'adressait à quelqu'un. Je ne m'en souciais pas, cherchant le regard des chamans. Ils ne pouvaient se libérer ni reprendre forme humaine à cause du champ électrique qui les maintenait captifs. Alors que je me relevais tant bien que mal. Je sentis quelque chose effleurer ma main. Je tournai la tête et cessai de respirer. Le corps gisant d'Eléonor était étendu près du mur à côté de l'endroit où j'avais été projetée. Son enveloppe charnelle était maigre, sa robe déchirée. J'examinai ses blessures et vis avec horreur, les bleus sur ses cuisses et son ventre. Je remontai vers son visage émacié. Elle me souriait d'un air désolé. Je me rapprochai d'elle pour la prendre dans mes bras et soulevai doucement sa tête pour la poser sur mes genoux.

— Oh, ma petite étoile, qu'a-t-il fait de toi ? murmurai-je incapable de retenir mes larmes.
— Je n'ai plus la force, répondit-elle difficilement. Pardon, Enora.

Je sentis sa respiration devenir irrégulière avant de s'arrêter totalement. Abasourdie, je réalisai que ma petite sœur venait de s'éteindre dans mes bras. Je restai prostrée, incapable d'accepter cet état de fait, quand la voix d'Alistair résonna derrière moi.

— Vois-tu ma chère Enora, lorsque tu cherches à tromper ton ennemi, assure-toi qu'il n'ait pas un coup d'avance. Ta petite bravade sur la mort était pertinente, mais il me semble que quelqu'un a rétabli l'équilibre en refermant les portails du Sidhe, n'est-ce pas ? Ta sœur est donc morte pour toujours !
— Non ! Tais-toi ! hurlai-je en l'envoyant contre le mur d'un revers de main.

Ne s'attendant pas à ce que je réagisse ainsi, il ne put anticiper mon attaque. Je profitai de ce laps de temps pour reposer le corps encore chaud de ma sœur et me relevai pour me diriger vers lui.

— Toi qui prétends n'agir que dans le but de venger tes parents et ta sœur, tu te comportes encore plus mal que leurs assassins !

Il se releva et m'envoya une boule de feu. Je l'esquivai,

mais il s'éclipsa et réapparut devant moi avant de me frapper et de m'envoyer au sol.

— Tais-toi ! vociféra-t-il. Je te détruirai, toi et toute ta sale engeance !
— Tu es complètement fou ! Tu es devenu l'un de ces êtres que tu méprises, lui rappelai-je. Regarde-toi !

Je parai son attaque en élevant mon bouclier puis ripostai à mon tour. La magie crépitait dans la salle. Les disciples d'Alistair entrèrent et nous encerclèrent, mais ils n'intervenaient pas. Leur chef me voulait pour lui et je ne comptais pas lui faciliter la tâche. Mon adversaire réussit à m'atteindre au bras m'empêchant de contre-attaquer. Je reculais de quelques pas et élevai mon bouclier. Il changea alors à nouveau d'apparence pour prendre celle de Kaelan, cherchant à m'amadouer, puis il se métamorphosa pour prendre les traits de Sybille. J'entendis le cri effrayé d'Eirin dans mon dos.

— Tu croyais que je n'apprendrais pas l'existence de la petite prophétesse ?
— Comment ?
— Tu oublies que j'ai tué sa mère ! Je l'ai poignardée avec un athamé, tu te souviens ? Bien sûr, la sorcière était prudente puisqu'elle a réussi à me soustraire ses pouvoirs, mais j'ai pu découvrir son secret tandis qu'elle expirait. Alors que vous vous démeniez avec vos misérables existences, pensant pouvoir anticiper

mes actions, je vous ai en réalité conduits là où je le voulais.

Il reprit sa propre forme et gronda :

— À présent, je compte bien atteindre mon objectif !

Je l'observai, décontenancée. Il savait tout depuis le début. Les réfugiés, les attaques de démons, nos efforts pour achever notre coven, tout cela n'avait été que diversion. Son véritable but n'avait pas changé, il voulait me tuer et s'emparer de ma magie. S'il y parvenait, il aurait tout le loisir de s'abreuver à la source de notre assemblée. Je n'avais fait que lui mâcher le travail. J'étais le canal entre lui et les pouvoirs des chamans, ainsi que celui de Sybille. Armé de son athamé, il se jeta sur moi. Je n'attendis pas davantage et ignorant le hurlement de Kaelan, je pris ma forme de chat pour échapper à l'étreinte mortelle du chasseur. Surpris, il manqua de trébucher. J'en profitai pour faire appel à une porte et me jetai à l'intérieur, suivi du chasseur.

Chapitre XIV

Octobre 1692, Enora

Je courrais à en perdre haleine. Je n'avais pas vraiment le temps d'échafauder une stratégie. Ma seule certitude était qu'il fallait que je mette le plus de distance possible entre le chasseur et ma famille. Je devais faire confiance à Kaelan et aux autres pour trouver le moyen de se libérer par eux-mêmes. Je me fustigeai en pensant à ces derniers mois où nous n'avions eu de cesse de chercher des plans et stratégies alambiqués pour déjouer ceux du chasseur. Tout ça pour finalement s'apercevoir que nous ne faisions que jouer son jeu. Quoi que je fasse, il semblait s'adapter à tout. Il était retors et mauvais. Je me demandai comment il avait pu être un humain innocent un jour. S'il fut vraiment l'homme décrit par Ariane, il ne restait plus rien de lui aujourd'hui. Je me faufilai d'une porte à l'autre, jusqu'à prendre une décision radicale. J'ouvris la porte de mon propre paysage onirique. S'il parvenait à me tuer, alors il aurait accès à tous mes pouvoirs. Mais en attendant, cet espace deviendrait sa prison et je ne comptais pas lui laisser me voler si facilement mes huit autres vies. Je pensais à mon enfant à naître. Si Alistair triomphait, mon bébé ne verrait même pas le jour. Cette pensée me vrillait le cœur. Je sentais la présence de l'esprit d'Ariane à mes côtés, ainsi que celui d'Enya. Elles essayaient de me protéger en masquant ma trajectoire au chasseur, me permettant de gagner un peu de temps, mais en vain. Je bondis à travers la porte. Alistair sur mes talons, puis cessai de courir. Je fis face à mon ennemi qui s'arrêta, le souffle court. Je repris forme humaine et un éclat de convoitise brilla dans son regard.

— Oui, décidément, je suis certain que ce pouvoir va me plaire !
— Alors, viens le chercher ! le provoquai-je.
— Tu as peut-être plusieurs vies, mais moi je suis immortel !
— Possiblement, mais un immortel prisonnier dans le Sidhe, lui rappelai-je.
— Plus pour longtemps !

Il se jeta sur moi. J'esquivais son attaque. Le combat reprit, alternant arme blanche et magie. Je fus blessée à plusieurs reprises, mais je résistai. Au bout de ce qui me sembla être une éternité, je commençai à perdre espoir. Ce n'était pas ainsi que j'en viendrais à bout. Me rappelant du cromlech et des gardiens, je fis un bond en arrière pour m'éloigner du chasseur. Je me protégeai derrière un bouclier puis invoquai la magie du corbeau. Je sentis mon aura fusionner avec celle de l'oiseau et s'agrandir autour de moi. Alistair se figea et observa le phénomène.

— Ainsi Eirin a réussi. Quel dommage qu'elle t'ait fait bénéficier de son don. Je corrigerai cette erreur une fois que tu seras morte !

Je ne répondis rien, me concentrant sur ma proie. Je le voyais à travers les yeux du corbeau. Je plongeai en avant et les serres de l'oiseau s'ouvrirent pour s'accrocher au chasseur. Je sentis mes doigts s'enfoncer dans ses chairs à l'instar des griffes de l'oiseau. Alistair hurla de douleur, mais tint bon. Il écumait de rage. Si près de lui, je m'exposai, mais je n'avais pas le choix. Même si je l'avais blessé, ce n'était pas suffisant. Il fallait faire davantage. Je devais le prendre à son propre jeu. Ses yeux plongés dans les miens, je m'arrangeais pour qu'il ne cesse de me regarder. Il en profita pour me poignarder en dessous de la clavicule. Je criai et relâchai ma prise. Je reculai en titubant, l'aura du corbeau disparut. Le sang s'écoulait de ma blessure. Il m'observa victorieux et s'approcha de moi pour murmurer à mon oreille :

— Dis adieu à ta huitième vie !

Il me poignarda à nouveau et je tombai au sol. Je sentis ma vie s'échapper. Lorsque je revins à la vie, le même scénario se reproduisit. Je tentai de faire appel à la magie du loup, du cerf, de l'aigle, j'essayai en vain de les combiner. Chaque fois, il parvenait à me vaincre malgré les sérieuses blessures que je lui infligeai. Lorsqu'arriva ma dernière vie, j'eus une pensée pour ma famille. Je leur envoyai mes excuses pour n'avoir pas su les protéger.

J'envoyai une vague d'amour à cet enfant qui ne verrait jamais le jour. Puis je fermai les yeux laissant Alistair prendre ma dernière vie. Je tombai sur le sol dans un bruit de chiffon. Les yeux ouverts, je flottai dans une semi-conscience, la vie me quittait lentement comme pour faire durer le plaisir de mon tortionnaire. Celui-ci, penché sur moi, jubilait. Il tenait fermement l'athamé qui lui offrirait bientôt mes pouvoirs et le plein accès à mon coven. Lorsque j'expirai enfin, il retira le poignard et se plaça au-dessus de ma blessure aspirant chaque goutte de ma magie.

Octobre 1692, Alistair

Le chasseur poussa un cri de triomphe. Enfin il touchait au but ! Il s'abreuvait goulûment de la magie de cette pauvre chose qui n'avait jamais été de taille face à lui. Lorsqu'il eut aspiré jusqu'à la dernière goutte de pouvoir, le corps disparut et le chasseur exulta. Le paysage de l'ancienne dreamcatcher autour de lui se modifia pour devenir l'image de ce que lui était à l'intérieur. Le chasseur essuya l'athamé sur son pantalon puis le rangea dans sa ceinture. Il passa une main dans ses cheveux. Il ferma les yeux pour apprivoiser ses nouveaux pouvoirs. Il ressentit la présence des esprits des chamans. Loup, cerf, aigle et corbeau étaient en lui. Malgré leur volonté de se débattre, ils étaient soumis à celle de leur nouveau chef. Alistair visualisa les liens qui le reliaient aux membres du coven créé par Enora, puis le félin noir en lui. Il sourit et s'en approcha pour tester cette nouvelle capacité tant recherchée qui lui permettrait de reprendre pied dans l'autre monde. Il attrapa le chat, qui tentait de fuir, par la peau du cou et le força à enclencher la métamorphose. Cela fut douloureux, mais il y parvint rapidement et, fort de ses pouvoirs illimités, il projeta une autre image de la créature qu'il voulait être. Le simple chat ne lui convenant pas, le félin grandi, prit du volume, sa fourrure noire se gonfla et ses pattes s'allongèrent. Il prit les traits d'une panthère noire et féroce. Enfin, faisant appel à la porte du paysage onirique comme l'avait fait Enora, il rentra directement dans son château.

Il avisa ses prisonniers et le corps d'Eléonor gisant dans un coin de la grande salle. Alistair revêtit sa forme humaine et se délecta des expressions horrifiées qui déformaient les visages de ses ennemis Il referma la porte et d'un geste il fit disparaître les cages, laissant leurs hôtes s'écraser au sol. Ils reprirent instantanément forme humaine et se regroupèrent. Kaelan plongea sur lui pour l'attaquer, mais Alistair le stoppa d'une simple pression mentale. Il le força à s'agenouiller.

— Allons, je serais désolé d'avoir à tuer un alpha aussi important que toi, minauda Alistair en lui tournant autour.
— Qu'avez-vous fait d'Enora ? rugis le loup luttant vainement contre l'emprise du chasseur.
— Tu ne devines pas ? Je te croyais plus intelligent que ça ! Ne sens-tu pas qui est le nouveau chef de votre coven ?

Il ponctua sa déclaration d'un nouvel ordre mental et fit ployer le grand loup noir. Anéanti Kaelan n'osait y croire.

— Non ! C'est impossible ! Elle ne peut pas être morte !
— Nous n'avons pas le temps de la pleurer. Nous avons du travail ! reprit le chasseur en secouant la main comme si la peine du chaman n'était qu'un détail.

Eirin, Aïdan et Darren se jetèrent à leur tour sur Alistair, mais ils ne purent l'atteindre. Il les bloqua comme il l'avait fait avec Kaelan puis il s'approcha d'Eirin pour lui caresser le visage.

— Vous ne pouvez me désobéir ! Vous avez prêté allégeance, ne l'oubliez pas ! ronronna le chasseur.
— Oui, nous avons prêté allégeance à Enora devant la déesse ! rétorqua Eirin. Elle ne te laissera jamais faire !
— Je reconnais bien là ton intelligence hors du commun, mon amour. Tu as raison d'être si pragmatique, si je veux m'assurer de garder ma place, il est temps d'achever mon autre projet.
— Nous ne te laisserons pas faire ! riposta Eirin en lui crachant au visage.

Il la gifla et lui fendit la lèvre qui se mit à saigner. Il se pencha sur elle et s'empara violemment de sa bouche pour l'embrasser avec fièvre. Toute sa frustration, sa colère et son désir étaient contenus dans ce baiser. Puis il se redressa et lui murmura d'un air mauvais.

— Oh si, tu vas coopérer ma douce. Sinon ta précieuse enfant sera la prochaine à mourir !
— Non, tu ne la toucheras pas !
— Vous avez de la chance, je suis d'humeur magnanime. Je vous laisserai à tous la vie sauve ainsi que vos pouvoirs. Je me contenterai de puiser dans votre magie quand bon me semblera. Ah non… Fergus, lui, mourra pour payer sa trahison !

Le chasseur se détourna et claqua des doigts. Les portes s'ouvrirent et les chefs de ses escouades démoniaques entrèrent. Il fit venir Greta également, tenant à ce que sa mère assiste à son triomphe. La pauvre femme observa avec effroi le corps d'Eléonor et les captifs. Alistair ouvrit trois portes conduisant au purgatoire, au paysage onirique et au monde réel puis il détruisit les arches annihilant les protections émises par Enora. Les démons se déversèrent comme des nuées de ténèbres. Le chasseur renvoya les chamans dans le monde réel. Ils retrouvèrent les autres membres du coven. Ceux-ci, complètement perdus, cherchèrent des réponses dans leurs regards, mais ils ne lurent que l'horreur et la douleur. Ils avaient tous senti un vide à la mort d'Eléonor puis d'Enora. Le changement d'autorité les avait laissés hagards.

    Alistair ne leur prêta pas tout de suite attention, il se tourna vers le village et brisa les protections entourant Salem, la clairière et, enfin, le manoir. Ses démons en extirpèrent Aldric, Eilin, Fergus et Sybille. Il s'approcha de son ancien disciple et, sans plus de cérémonie, il lui trancha la gorge sous le regard terrifié de Sybille. Eirin voulut se précipiter pour la rejoindre, mais Alistair s'interposa et se saisit de l'enfant.

— Toi, tu vas venir avec nous !

L'enfant gémit et se débat, mais ne put lutter contre l'autorité de patriarche du chasseur. Alistair ordonna à ses démons de détruire le village de Salem. Grâce à la magie d'Enora, ils contrecarrèrent le pouvoir des pierres protectrices et n'eurent aucun mal à mettre à feu et à sang le village. Les réfugiés métamorphes luttèrent avec courage pour aider ceux qui les avaient accueillis, mais le nombre de démons les submergeait. Pendant ce temps, le chasseur força Kaelan, Eirin, Darren, Aïdan et Sybille, à le suivre jusqu'au cromlech de la déesse. Dans leurs dos, ils entendaient les cris des villageois aux prises avec les démons. Eirin tenait fermement la main de Sybille dans la sienne. Kaelan et Aïdan marchaient devant elles tandis que Darren cherchait une échappatoire, mais en vain. Ils arrivèrent face au cercle de pierre et Alistair les laissa entrer avant de s'avancer à son tour. Comme il l'avait prévu, la magie protectrice l'empêcha de progresser davantage. Il conjugua alors ses pouvoirs et puisa dans ceux du collectif pour faire voler en éclat la barrière. Lyam, Aloys, Tessa, Nissa, Aldric, Eilin et Eowyn étaient à l'extérieur. Réduits au silence ils ne pouvaient qu'assister à la victoire du mal. Alistair s'avança et ordonna aux autres de se placer devant les menhirs portant leurs symboles. Il se plaça devant l'autel face au menhir du dreamcatcher et s'adressa à l'assemblée.

— Reconnaissez que vous n'avez jamais réellement compris cet endroit ! s'exclama-t-il d'un air méprisant. Vous vous êtes qualifiés de gardien, mais saviez-vous seulement ce que vous gardiez ? C'était sous vos yeux depuis toujours, mais aucun de vous n'a jamais fait le rapprochement ! Les gardiens de Danann, les gardiens de la pierre du destin !

Sous les yeux incrédules de ses victimes, il s'entailla la main et l'apposa sur l'autel de pierre. Il ferma les yeux et se concentra pour puiser dans le don de projection d'Enora. Enfin il touchait au but ! Il sentit les contours se modifier, le grain de la pierre s'affina, des symboles celtiques et des runes se dessinèrent de part et d'autre du trône qui apparaissait sous les yeux ébahis de ceux qui composaient le coven de Danann.

— Mes amis, voici le trône façonné à partir de la pierre du destin ! déclara le chasseur d'une voix forte.
— Vous n'avez pas le droit ! intervint Elissa.

Alistair tourna la tête vers elle, semblant réfléchir un instant puis il haussa les épaules.

— Après tout, je n'ai pas besoin de vous. Je ne vais pas m'embarrasser davantage d'autant d'êtres inutiles.

Il leva la main et incendia Elissa. Lyam hurla et la rejoignit, mais les flammes se firent plus intenses et s'étendirent au chaman puis à Eowyn, Eilin, Aldric, Tessa, Aloys et Nissa.

Leurs hurlements résonnèrent dans la lande. Kaelan et les autres, toujours prisonniers du cromlech ne retinrent pas leurs larmes de douleurs et d'impuissance. Lorsqu'il ne resta plus de leurs proches que des cendres, Alistair reporta son attention sur le trône du destin. Il caressa les accoudoirs finement ciselés, appréciant la délicatesse de l'ouvrage puis enfin, il s'installa sur l'assise. Le trône s'illumina et un éclair déchira le voile de la nuit. Le soleil apparut, entrant en collision avec l'astre lunaire. Le Sidhe s'ouvrit et l'équilibre se rompit. La terre trembla et Alistair s'éleva au centre du cromlech. Tout semblait graviter autour du chasseur. Il ouvrit les yeux et tendit les bras.

— Maintenant, il est temps de refaçonner le monde à ma manière.

Il commença par faire revenir sa famille à la vie. Greta qui retrouvait enfin son mari et sa fille ne put s'empêcher de ressentir un peu de joie. Même si elle était consciente que tout cela était mal, une part d'elle voulait profiter de cet instant pour retrouver la chaleur des bras de son époux et sentir à nouveau le parfum sucré de sa chère fille. Ces derniers étaient hébétés et ne comprenaient pas ce qu'il se passait. Alistair souhaitait les rejoindre, mais il avait encore à faire. Il se concentra alors pour ressusciter le clan des corbeaux. Lorsque ces derniers apparurent, le cœur d'Eirin se serra. Elle aussi partageait les tourments de Greta. Était-ce si mal de se réjouir de retrouver ceux qui nous avaient été violemment arrachés ? La sorcière en vint à se demander si Alistair était vraiment le méchant de leur histoire. Certes ces actes n'étaient pas dénués de mauvaises intentions, mais il tenait ses promesses. Alors que le doute grandissait en elle, elle sentit une rupture dans l'équilibre du monde. Elle reporta son attention sur Alistair et réalisa que non. Changer la réalité pour satisfaire ses propres désirs n'était pas bien. La volonté de retrouver des êtres chers ne justifiait pas de bouleverser les mondes. Tout cela allait mal finir. Personne n'en sortirait vainqueur. Alistair détruisit alors les frontières entre les sphères du Sidhe. Les âmes errantes, les bannis, les démons et les anges émergèrent dans leur monde et la tension se fit plus grande. Les démons face aux anges trépignaient d'impatience à l'idée de les attaquer. Les âmes errantes et les bannis convoitaient ceux qui étaient promis à l'élévation. Deux camps se formèrent en dehors du cromlech, d'un côté les êtres purs, de l'autre les proscrits. Eirin avisa sa famille rejoindre les rangs des anges suivis par la famille d'Alistair. Alors elle comprit. Même ici, la mort leur reprendrait leurs êtres chers. Personne ne pouvait contrecarrer le destin. Alistair semblait inconscient du drame qui était en train de se jouer. Il poursuivit ses desseins en formatant le monde lui-même. Il réécrivit l'histoire en ramenant Eirin auprès de lui. Il accepta même de garder la petite prophétesse pour lui prouver son attachement pour elle. Il condamna les chamans Kaelan, Aïdan et Darren a porté un collier d'asservissement et à rester prisonnier de leurs formes animales. Enfin il réduisit en cendres le cromlech de Danann et rejoignit les rangs des démons et des bannis pour entrer en confrontation avec la déesse elle-même et prendre sa place.

Alors qu'il s'apprêtait à faire face à la déesse Danann, un halo de lumière apparut face à lui. Il plissa les yeux, essayant de distinguer la silhouette qui se tenait là. Lorsqu'il parvint à distinguer ses traits, il se figea.

— C'est impossible…
— Eh bien, qu'y a-t-il Alistair ? Je croyais que rien ne pouvait te surprendre ? Je pensais que tu avais toujours un coup d'avance sur tout le monde ? ironisa Enora lévitant face à lui.
— Je t'ai tuée ! Je possède tous tes dons ! Je t'ai tout volé : ta vie, ta magie, ta famille !
— Tu as essayé, en effet, mais tu t'es montré trop présomptueux. Ton arrogance est ton talon d'Achille, assena froidement celle qui fut dreamcatcher. Te souviens-tu de ce qu'il s'est passé dans le paysage onirique ? reprit-elle ignorant les appels désespérés des siens en contrebas.
— Je t'ai tuée, encore et encore, jusqu'à ta dernière vie.
— Alistair, voyons, tu n'as toujours pas compris ?

Le chasseur, interdit, l'observa. Elle irradiait de magie et de pouvoirs. Son aura s'agrandit pour prendre la forme d'un corbeau.

— Non, réalisa-t-il enfin.

Octobre 1692, Enora

Le chasseur ouvrit péniblement les yeux. Il tressaillit en sentant les serres profondément ancrées dans son torse. Je tenais son cœur dans ma main tandis que les esprits du loup, du cerf et de l'aigle, unis à celui du corbeau, se relâchaient lentement mettant fin à l'illusion. Il cligna des yeux et me regarda, troublé.

— Qu'as-tu fait ?
— Ce que tu attendais de moi, expliquai-je durement. Je t'ai donné ce que tu voulais, ta revanche, le pouvoir, la gloire et l'aboutissement de ta quête.
— Comment ?
— Je suis la dreamcatcher, la gardienne du monde onirique. Tu es chez moi ici et grâce aux gardiens, j'ai pu te transmettre la vision de cette illusion que tu pensais être ta réalité. Tu as échoué, Alistair, c'est terminé. Tu vas mourir pour de bon cette fois et ton âme entamera le processus de purification pour absoudre tes fautes.
— Non, ce n'est pas encore fini !

Il tenta de se débattre, mais les serres du rapace s'enfoncèrent davantage, lui arrachant un cri de douleur. Je pris une profonde inspiration et retirai ma main de son torse, emportant son cœur avec moi. Il cessa de bouger et son expression se figea sur un rictus douloureux. Son corps se délita et son âme se disloqua. Je gardai son cœur dans ma main. Ce ne serait terminé que lorsque je serais certaine que son esprit ait rejoint la roue cosmique. Je fis un geste pour faire apparaître ma porte puis sortis de mon paysage pour me rendre dans le monde onirique, face à l'arche menant au purgatoire. Alors que je m'apprêtais à traverser, un souffle d'air m'arrêta. Je me tournai lentement tandis qu'une forme éthérée apparaissait devant moi. Une femme aux cheveux longs, blonds réunis en une tresse retombant lourdement sur son épaule, posa ses yeux dorés sur moi. Sa robe rouge était surmontée d'une armure guerrière. Le pouvoir qui se dégageait d'elle ne laissait aucun doute sur son identité. J'inclinai lentement la tête en guise de respect lorsque sa voix résonna dans la vallée :

— Enora, nous nous rencontrons enfin !
— Grande déesse, est-ce bien vous ?
— Tu as traversé des épreuves et surmonté tous les obstacles. Aujourd'hui, tu as remporté la victoire tant espérée. Grâce à toi l'équilibre demeure entre le Sidhe et ton monde. Le secret du trône du destin sera bien gardé.
— Que va-t-il se passer pour Alistair ?
— Donne-moi son cœur, je vais veiller à ce qu'il ne défie plus les lois de la vie et de la mort. Tu peux retrouver les tiens et aborder l'avenir avec sérénité. Ce chapitre est définitivement clos.

Je lui tendis l'organe encore chaud puis laissai retomber mon bras. Je me sentis tout à coup bien frêle et la douleur de ma blessure se rappela à moi. Je crispai la mâchoire pour ne pas montrer ma faiblesse à la déesse, mais ce fut inutile. De son autre main, elle effleura ma plaie sanguinolente et me soigna instantanément.

— Merci, murmurai-je en reprenant mon souffle.
— C'est le moins que je puisse faire pour une servante aussi fidèle que toi. Pour te récompenser, je peux t'offrir ce que tu veux, mais attention tu n'as droit qu'à une seule demande.
— Je… Je n'ai jamais agi dans mon intérêt, vous le savez. Je ne désire rien pour moi, mais j'aimerais vous demander une faveur pour Eléonor, ma jeune sœur. Elle a péri aux mains d'Alistair. Mais je suis certaine que son heure n'était pas venue, l'implorai-je.

La déesse m'observa longuement. Elle fit disparaître le cœur d'Alistair et énonça gravement.

— Une vie pour une vie, qu'il en soit ainsi.

Elle disparut sitôt qu'elle eut prononcé ces mots. Épuisée et ressentant le contrecoup du combat, je m'écroulai au sol. Plongeant les mains dans l'herbe douce, je pris le temps de retrouver mon sang-froid avant de me relever et de matérialiser la porte menant au château d'Alistair. Il fallait encore que je retrouve les miens et que je m'assure de leur état.

Chapitre XV

Octobre 1692, Enora

J'émergeai du portail dans la grande salle. Les lieutenants démoniaques d'Alistair se redressèrent, mais ils n'esquissèrent aucun geste, attendant la suite. J'avisai les miens toujours prisonniers à l'intérieur des cages puis déclamai d'une voix forte :

— Alistair est mort.

Un silence glacial accueillit cette annonce. Incrédules, les démons se regardèrent puis l'un d'eux fit un pas en avant. Il abaissa sa capuche, révélant un visage humain. Un sorcier et non un démon. Anticipant une éventuelle attaque, je repris prudemment :

— Vous avez le choix : poursuivre le combat de votre chef ou accepter la trêve que je vous propose. La déesse Danann elle-même est venue pour s'occuper de l'âme d'Alistair. Il ne reviendra plus, que ce soit sous forme humaine ou éthérée.

Le sorcier sembla réfléchir intensément. Il consulta les autres du regard. Je ne doutais pas qu'ils échangeaient par télépathie. Puis, il s'adressa finalement à moi.

— Je suis Andreas. Au nom des miens, j'accepte votre offre de trêve. Nous avons subi de lourdes pertes sous le règne d'Alistair. Notre monde se meurt du fait du déséquilibre mis en place par notre ancien chef.
— Et vous avez accepté ça ? m'étonnai-je.
— Il nous avait promis votre monde alors le déclin du nôtre nous paraissait moins dramatique ! rétorqua-t-il avec un sourire narquois. Mais, visiblement, vous êtes tout à fait capable de protéger ce qui vous appartient. En guise de preuve de notre bonne foi...

Il se tourna vers les cages et libéra les prisonniers. Il fit signe à ses sbires de sortir, mais avant qu'il ne quitte le lieu, je l'interpellai :

— Et pour Greta ?
— Elle n'est plus parmi nous. Je suppose qu'étant liée à Alistair, elle a dû regagner le niveau où elle aurait dû se rendre dès le départ.

Je hochai la tête, rassurée de savoir qu'elle était désormais auprès de son mari et de sa fille puis je les regardai quitter la pièce. Andreas nous laissa nous retrouver, mais je me doutais qu'il ne fallait pas trop traîner par ici. Je reportai mon attention sur les chamans qui reprirent enfin forme humaine. Kaelan s'avança vers moi et m'enlaça étroitement. Il cacha son visage dans mes cheveux tandis que je me blottissais contre lui, relâchant la pression. Aïdan et Darren se serrèrent la main, soulagés que tout se soit bien terminé. Je me détachai de Kaelan et avisai Eirin. Elle avança vers moi et me prit dans ses bras.

— Félicitations, Enora. Je ne sais pas comment tu as fait, mais nous te devons beaucoup.
— Non, Eirin, tu ne me dois rien. Je suis heureuse que vous alliez bien.
— Ces maudits démons nous ont localisés alors que nous furetions dans le château et ils nous ont capturés. Nous ne pouvions même pas reprendre forme humaine ou nous servir de la magie. Nous n'étions plus que de simples animaux ! tempêta Eirin.
— Enora ?

Je sursautai en reconnaissant cette voix. Je fis volte-face et les larmes me montèrent aux yeux.

— Eléonor !

Je me précipitai vers elle, la serrant dans mes bras. Ses larmes se mêlèrent aux miennes et nous restâmes un moment, enlacées. Je lui murmurai des excuses pour ne pas être venue la sauver plus tôt. Elle m'expliqua avoir vu Ariane et Enya dans le niveau des anges puis qu'une femme était venue la chercher pour lui dire que son heure n'était pas encore venue. Je remerciai encore une fois la déesse en pensée. Kaelan me fit remarquer qu'il était temps de rentrer. J'acquiesçai et fis apparaître un portail. Nous le traversâmes et retrouvâmes enfin le chemin menant au manoir.

    Je ne quittai pas Eléonor, l'aidant à se déplacer. Malgré son retour à la vie, elle était toujours profondément affaiblie et marquée par sa captivité au sein du château d'Alistair. Aïdan et Darren s'éclipsèrent, le premier revint avec Eilin, Aldric et Eowyn, le second avec Lyam, Elissa, Tessa, Aloys et Nissa. La louve se précipita vers nous et passa l'autre bras d'Eléonor sur son épaule. Elles échangèrent un regard empli d'amour et de soulagement. Nous atteignîmes ensuite l'entrée du manoir. Nous déposâmes Eléonor dans le salon sur le canapé. Je me reculai, laissant Eowyn venir l'ausculter. Kaelan fit entrer tous les membres du coven et leur proposa de se rendre dans le séjour. Elissa et Eilin offrirent de préparer un repas pour le soir, nous laissant ainsi le temps de nous reposer avant de tout leur expliquer. J'avisai Eléonor, Nissa se tenait près d'elle et Aïdan et Eowyn s'affairaient à lui prodiguer les meilleurs soins. Elissa revint apporter des vêtements propres pour notre jeune sœur, Aïdan en profita pour s'éclipser afin d'aller récupérer les remèdes d'Eowyn au dispensaire, laissant un peu d'intimité à ma sœur. Nissa s'occupa de récupérer des linges et une bassine d'eau tiède. Elles commencèrent par déshabiller Eléonor, serrant les dents pour ne pas exprimer leur colère devant les bleus parsemant son corps. J'entendis Eowyn grommeler qu'elle n'aurait jamais voulu revoir de telles blessures faisant référence à mon corps meurtri plusieurs mois en arrière. Elles nettoyèrent avec douceur les plaies puis la séchèrent.

    Elles l'aidèrent à passer des sous-vêtements ainsi qu'une longue robe fluide qui ne pèserait pas sur ses blessures. Soulagée, Eléonor s'assit sur le canapé tandis que Nissa s'occupait de ses cheveux. Elissa les laissa en promettant à notre sœur de lui ramener à manger, puis Aïdan revint tenant les onguents et potions nécessaires à son rétablissement. Eowyn le remercia d'un regard, puis se saisit d'un onguent qu'elle appliqua sur les ecchymoses, en sélectionna un autre pour les plaies ouvertes et acheva ses soins en ajoutant quelques gouttes de potions dans une tasse de tisane ramenée par Elissa ainsi qu'un plateau contenant des fruits secs et des gourmandises sucrées. Apaisée, Eléonor posa sa tête sur le dossier du canapé, observant ses soignants avec reconnaissance. Eowyn lui conseilla de prendre un bain dès qu'elle aurait repris des forces afin de traiter ses blessures et d'enrayer le risque d'infection. Elle aurait tout le temps de se confier à nous si elle le souhaitait à propos de sa captivité. Pour l'heure, Eowyn, Elissa puis Eilin qui les avait rejoints embrassèrent notre rescapée et la laissèrent se reposer sous la protection de Nissa qui refusait de la quitter.

  Aïdan et Darren s'éclipsèrent à la clairière afin de se changer et de se reposer avant de nous rejoindre le soir venu. Eirin retrouva Sybille et Fergus à l'étage. Avec soulagement, elle tomba dans les bras du druide qui la serra contre lui. Sybille les interpella et se glissa dans leur étreinte. Je montai avec Kaelan dans notre chambre. Là, je m'assis sur notre lit peinant à retrouver mes esprits. Prévenant, le chaman ne chercha pas à savoir ce qu'il s'était passé entre Alistair et moi et je lui en fus reconnaissante. Je me sentais vidée de toute émotion. J'avais eu tellement peur pour mes proches ! La douleur que j'avais éprouvée en voyant ma sœur s'éteindre m'avait brisée. J'avais du mal à croire que tout était vraiment fini. Avais-je réellement rencontré la déesse ? Me voyant immobile, le regard dans le vague, Kaelan s'agenouilla devant moi essayant de me ramener sur terre. À ce moment, un léger coup à l'intérieur de mes enrailles me fit sursauter. Mon bébé ! Je regardai enfin Kaelan, les yeux brillants de soulagement, puis je pris sa main pour qu'il sente les mouvements de notre enfant. Son regard s'éclaira et un sourire de bonheur nous saisit. Les larmes se mêlèrent au rire et nous nous embrassâmes avec toute la force de notre amour. Nous allâmes ensuite dans la salle de bain afin de nous débarrasser de ces mauvais souvenirs. Nous nous changeâmes avant d'aller nous allonger dans notre lit. Nous avions réussi à ramener tout le monde à la maison sains et saufs. Cela nous avait coûté, mais nous pouvions enfin savourer la paix.

Lorsque nous descendîmes dans la salle à manger pour rejoindre les nôtres, le spectacle qui s'offrit à nous me remplit le cœur de joie. Tous les membres du coven étaient attablés même Eléonor qui, grâce aux soins d'Eowyn, reprenait déjà des forces. Je pris place en bout de table et observai les miens avec bienveillance. Elissa et Eilin arrivèrent avec des plats tous plus alléchants les uns que les autres et nous savourâmes cet instant. Lorsque nous fûmes rassasiés, nous profitâmes du calme pour commencer notre récit. Tous étaient impatients de savoir ce qu'il s'était passé. Je commençai par les évènements qui avaient suivi l'enlèvement d'Eléonor afin qu'elle sache ce qui s'était passé en son absence. Je repris mon récit à partir de la révélation de l'existence des gardiens et l'accueil dans le coven d'Aïdan, Darren, Eirin, Fergus et Sybille. Je fis une pause afin de laisser à Eirin le loisir de partager avec l'assemblée la vérité sur l'histoire de sa famille et du clan de corbeau décimé. Les autres l'écoutèrent silencieusement, même Lyam sembla peu à peu accepter le retour d'Eirin malgré ses actes passés. Ensuite, je repris avec la découverte des arches délimitant les différentes sphères du Sidhe et la réparation des différents sceaux rétablissant l'équilibre, atteint par les actes du chasseur. Je leur révélai que chaque niveau devait être sous la protection de l'un des six gardiens. Aïdan et Darren acquiescèrent et nous annoncèrent qu'ils souhaitaient s'installer à Salem. Je vis le regard d'Eowyn s'éclairer de joie, mais elle ne dit rien. Ils pourraient se rendre chez eux en s'éclipsant et revenir rapidement auprès de nous en cas de besoin. J'annonçai ensuite ma grossesse surtout pour Eléonor qui versa des larmes d'émotions. Puis enfin, il fallut aborder notre départ et notre périple en direction d'Alistair. Nous étions partis presque un mois dans la réalité alors que cela nous avait semblé durer une journée dans le Sidhe aussi ils nous écoutèrent avec attention. Lorsque je leur appris la découverte d'Eléonor puis sa mort, chacun frémit et Nissa serra la main de l'oracle qui la rassura en souriant. Je leur dévoilai ensuite le pouvoir d'Alistair qui lui permettait de prendre l'apparence de n'importe qui.

— Il savait tout pour Sybille, dévoilai-je sombrement. En réalité, toutes les avancées que nous pensions avoir faites, il les avait anticipées et son but ultime était le même qu'au départ : me tuer et s'approprier ma magie. En agissant ainsi il espérait se servir du pouvoir du collectif pour accéder au trône du destin et devenir un dieu. S'il avait réussi, il aurait détruit le Sidhe et refaçonné totalement notre monde.

— Alors tu l'as vaincu ? demanda Eilin n'y tenant plus.

— Oui.

— Mais comment ?

— Lorsque j'ai vu Eirin, Kaelan, Darren et Aïdan prisonniers dans des cages annihilant leur magie je ne savais pas comment réagir. Puis, j'ai vu Eléonor et je l'ai perdue. Ma seule priorité était d'éloigner Alistair des nôtres, alors j'ai ouvert un portail et je me suis enfuie. Il m'a poursuivie comme je l'espérais, mais au fil de ma course j'ai perçu l'esprit d'Ariane et celui d'Enya qui me conseillaient d'atteindre mon espace onirique. J'y serais sur mon terrain et j'y aurais donc l'avantage. Nous nous sommes battus puis j'ai fait appel à la magie du corbeau pour réussir à l'atteindre. Je l'ai distrait en le forçant à me regarder dans les yeux et j'ai projeté dans son esprit ce qu'il voulait voir.

— Tu… Tu as fait quoi ? s'exclama Kaelan, aussi surpris que les autres.

— J'ai pris le contrôle de son esprit. Je l'ai laissé imaginer ce qu'il ferait s'il parvenait à me tuer et à s'emparer du contrôle du coven. Je l'ai vu monter sur le trône du destin et devenir un dieu. C'était perturbant de vous voir souffrir sous son autorité. Mais je savais que ce n'était pas réel et que ça ne le serait jamais. Durant son illusion, j'ai unifié les esprits des quatre animaux et j'ai réussi à blesser mortellement Alistair, le forçant à revenir à la réalité. Je lui ai arraché son cœur et il a disparu définitivement.

Ils assimilèrent mes propos. Ils semblaient à la fois choqués et soulagés. Eirin fut plus pragmatique et remarqua :

— Qu'as-tu fait de son cœur ?
— Je l'ai remis à la déesse.

Ils poussèrent des cris de surprise et je leur racontai ma rencontre avec la déesse Danann elle-même. Je relatai sa promesse de s'occuper de l'âme d'Alistair puis sa faveur. Eléonor tressaillit en comprenant que la divinité l'avait ramenée à la vie.

— Alors c'est réellement terminé ? demanda doucement Eilin.

L'ensemble de la table me fixa, guettant une réponse de ma part. J'acquiesçai en souriant.

— L'un des lieutenants d'Alistair a accepté la trêve que je lui ai proposée. Il m'a appris qu'ils avaient du travail pour remettre leur monde sur pied après le passage du chasseur. Je ne doute pas que nous les croiserons de

nouveau, mais ce ne sera pas pour tout de suite. En tout cas, nous ne serons plus démunis. Si je suis la gardienne du monde onirique, je suis ravie de vous présenter mes compagnons : Eirin, héritière du clan des corbeaux, gardienne du purgatoire. Aïdan, ancien chef du clan des cerfs, et Sybille future prophétesse, gardiens du monde démoniaque et Darren, représentant du clan des aigles et garant du monde des anges.
— Ils vont devoir partir ? s'enquit Eowyn.
— Non pas du tout. Ils seront là pour m'épauler dans la préservation de l'équilibre du Sidhe. Ensemble, nous veillerons sur les arches délimitant le passage entre les mondes. Sybille ne commencera que lorsqu'elle en aura l'âge bien entendu. D'ici là, Aïdan assurera le poste puis prendra une retraite bien méritée par la suite !

Nous continuâmes à échanger longtemps après avoir terminé de manger. Je lisais dans leurs esprits leur incrédulité quant à la fin de notre combat, mais je n'étais pas inquiète, le temps ferait son œuvre.

Les mois passèrent, Eléonor se remit totalement de ses blessures physiques. Elle ne nous dévoila pas les détails de ce qu'elle avait vécu sous le joug d'Alistair et nous respectâmes son choix, bien que nous ayons compris ce qui se cachait sous les non-dits. Nissa fut présente pour elle et, à force d'amour et de patience, Eléonor recouvra le goût de vivre, même si une ombre voilait parfois son regard. Elle s'installa avec la louve dans la clairière, mais revenait de temps en temps au manoir avec Kaelan et moi. Les métamorphes qui s'étaient réfugiés à Salem rentrèrent chez eux en nous remerciant chaleureusement pour notre protection. Aldric et Eilin les accompagnèrent afin de s'assurer qu'ils retrouvent sans encombre leur demeure. Seul le clan des renards polaires prit la décision de rester dans la forêt au-dessus du camp des chamans. La menace d'Alistair ayant disparu, certains membres de notre coven décidèrent de s'éloigner quelque temps.

Fergus, Eirin et Sybille avaient envie de voyager afin de trouver le lieu où ils s'établiraient définitivement. Ils avaient besoin d'apprivoiser cette nouvelle vie de famille sans menace au-dessus de leur tête. Lyam et Elissa retournèrent chez eux auprès de leur fils et envisagèrent d'agrandir la famille. Tessa et Aloys prirent la décision de quitter Salem et le coven pour fonder leur propre meute. Le fait d'avoir exercé plus de responsabilités dans l'accueil des réfugiés avait donné envie à Aloys de sortir de sa zone de confort. Les adieux furent remplis d'émotions, mais ils partirent avec la promesse d'être toujours les bienvenus chez nous. Ma grossesse se déroula à merveille. Je ne ressentais plus de vertige ou de faiblesse. Je m'arrondissais jour après jour tandis que Kaelan laissait s'exprimer sa passion pour le bois en sculptant un berceau et plein d'autres jouets pour notre futur enfant. Je m'apprêtais à donner la vie et je me sentais enfin à ma place auprès de ma famille. Darren resta proche d'Aldric et d'Eilin, il continua à parcourir le monde sans jamais rester trop longtemps loin du coven. Aïdan s'installa dans le chalet d'Aloys et Tessa après leur départ et Eowyn l'y rejoignit peu de temps après. Ensemble ils formaient la meilleure équipe de guérisseurs que le continent eut connus depuis des décennies. Les démons tinrent parole et nous n'entendîmes plus parler d'eux durant plusieurs mois nous laissant enfin profiter d'une existence paisible et proche de la normalité.

Épilogue

Mars 1693, Enora

— Respire, Enora, ne pousse que lorsque je te le dirai, recommanda Eowyn avant de replonger la tête derrière le drap qui dissimulait le champ de bataille qui se déroulait de l'autre côté de mon corps.

Kaelan était livide, mais resta bravement près de moi, me tenant la main. J'esquissai un sourire devant la déconvenue du puissant chaman qui, en cet instant, n'en menait pas large ! Elissa et Eowyn s'occupaient de moi tandis qu'Eilin se tenait prête à récupérer le bébé pour lui donner ses premiers soins et l'emmailloter avant de me le donner. Je respirai profondément puis, sous l'ordre de ma sœur, je poussai longuement. J'avais l'impression d'être écartelée de l'intérieur. J'étais épuisée par les longues heures de travail, mais mon corps prit le relais et la nature opéra.

— Ça y est ! Je vois sa tête ! Encore un effort ! Oui, voilà, je l'ai !

Eowyn attrapa le bébé et je sentis une vague de chaleur m'envahir. Enfin, c'était terminé ! Essoufflée, je reposai la tête sur l'oreiller et me tournai vers mon compagnon qui m'embrassa sur le front. Eilin prit le relais et s'occupa du nouveau-né avant de nous le présenter.

— Félicitations, vous voici les heureux parents d'un petit loup ! déclara-t-elle avec tendresse.

Je pris notre fils dans mes bras, émerveillée par ses yeux vairons. De petits cheveux bruns recouvraient sa tête. Sa peau était rose et douce. Nous restâmes un moment, subjugués devant notre trésor. Soudain, une violente douleur me saisit. Je me crispai et tendis le bébé à Kaelan qui le récupéra prestement. Je me mis à crier, incapable de supporter la nouvelle vague de douleur qui montait. Kaelan interpella Eowyn et Elissa qui revinrent s'asseoir devant moi.

— Que se passe-t-il ? Est-ce qu'elle fait une hémorragie ? Le placenta est-il sorti ? demanda Elissa anxieuse.
— Non, je ne crois pas, mais c'est étrange on dirait que…

Eowyn se tut et sonda mon ventre.

— Eowyn ! hurlai-je, paniquée. Qu'est-ce qui se passe ?
— Je crois qu'il y a un autre bébé qui arrive, répondit-elle.
— Quoi ?
— Ce n'est pas impossible, reprit-elle en réfléchissant. Après tout, les grossesses gémellaires sont fréquentes

chez les couples qui concentrent beaucoup de pouvoirs…

— Eowyn ! l'interrompis-je alors qu'une nouvelle vague de douleur me submergeait.

— Écoute-moi, je sais que tu es épuisée, mais la tête est là. Pousse encore une fois et après je te laisse tranquille ! promit-elle.

Après un dernier effort, je donnai naissance à une petite fille. Contrairement à son frère, elle n'était pas liée à l'esprit du loup. Nous découvrîmes peu de temps après sa naissance qu'elle était en réalité porteuse de l'esprit d'un chat. Aldric nous avoua qu'il avait envisagé cette possibilité lorsqu'il avait appris que j'étais enceinte. Entre mes dons et ceux de Kaelan nous avions donné naissance à une nouvelle génération de chaman : Ewen, héritier du clan de Lycaon moitié loup, moitié sorcier et Eurielle, héritière du coven de Danann, moitié chatte, moitié sorcière. Un nouveau clan de chaman vit le jour avec la naissance de notre fille. Elle était la première à porter l'esprit d'un chat. Nous ne savions pas ce que cela signifiait pour l'avenir, mais nous avions une certitude : quoiqu'il arrive, nous serons prêts à tout affronter pour protéger notre famille.

Fin…

Remerciements

Nous voici arrivés au terme de cette aventure. Je ne saurai dire s'il s'agit d'une fin définitive. J'aime me laisser une ouverture pour retourner dans mes univers comme je l'ai fait pour ma duologie Opale.

En attendant, je tiens à vous remercier, chers lecteurices, pour avoir offert un si bel accueil au Coven de Danann. Sans vous, cette aventure n'existerait pas.

Merci à mes partenaires toujours de bons conseils et toujours prêtes à me soutenir. Merci à Éléonore pour son œil aiguisé et à Sandrine, pour son amitié indéfectible depuis plusieurs années.

Merci également à Caroline, une super graphiste qui a su donner une identité à cette trilogie.

Enfin, à tout seigneur, tout honneur, merci à mon mari et à mes enfants pour leur amour et leur patience à chaque fois que maman prend du temps pour « écrire un livre ». La famille est au cœur de mes romans parce qu'elle est porteuse de tellement d'enjeux positifs ou parfois moins. Mais le message final est sans doute de ne s'entourer que de ceux qui sauront vous porter et vous amener à toujours vous dépasser sans jamais vous juger.

À bientôt pour de nouvelles aventures…

Annexe 1
Guide des personnages

Le coven de Danann

Ariane : la matriarche dotée du pouvoir de télékinésie

Eléonor : recueillie à l'orphelinat de Salem par Ariane, oracle du coven

Elissa : arrivée au coven à l'âge de dix ans, très proche d'Eléonor, empathe

Eowyn : arrivée au coven à l'âge de quatorze ans avec Eirin, don pour les plantes et la confection de potions

Eirin : arrivée au coven à l'âge de quatorze ans avec Eowyn, projection astrale

Eilin : arrivée au coven à l'âge de seize ans avec Enora, télépathe

Enora : arrivée au coven à l'âge de seize ans avec Eilin, dreamcatcher

Le clan chaman de Lycaon

- Première génération :

Enya : oméga de la meute, fut exilée de son clan pour devenir la gardienne du grimoire renfermant les secrets des dreamcatchers en attendant l'élue, louve blanche

Edhan : ancien alpha de la meute et père de Kaelan, loup noir

Adam : loup blanc, sage de la meute, dernier représentant de la première génération

Seconde génération :

Kaelan : alpha de la meute suite à la mort de son père Edhan, frère de Lyam et de Nissa, loup noir avec une étoile blanche sur le front

Lyam : frère de Kaelan et de Nissa, premier lieutenant de l'alpha, loup gris

Nissa : oméga de la meute, sœur de Kaelan et de Lyam, louve rousse

Aloys : loup gris et blanc, compagnon de Tessa

Tessa: louve grise, compagne d'Aloys

Chiara: louve rousse et blanche, prétendante de Kaelan

L'ordre des purificateurs

Alistair : chasseur de sorcière, balafre sous l'œil gauche, traversant son visage

Fergus : invocateur de démons, en réalité un druide bannit dans le monde onirique pour avoir commis une faute dans sa vie réelle

Greta : gouvernante travaillant au château d'Alistair, mère d'Alistair

Métamorphes :

Aldric : lynx, propriétaire de la librairie avant son exil par Ariane puis la reprise du commerce par Enya

Jennah : sœur d'Aldric, métamorphe et dreamcatcher non éveillée

Annexe 2 : Calendrier des sabbats de la Wicca

Religion païenne basée sur le rythme du calendrier lunaire et des saisons, lié à l'agriculture, repose sur les célébrations de sabbat et d'esbat mais nous nous concentrerons uniquement sur les sabbats dans ce roman. Certaines fêtes verront leur signification adaptée pour les besoins du texte

Yule.	21 décembre au 1er janvier, solstice d'hiver, célébration du soleil, naissance du Dieu apportant la lumière
Imbolc	1er au 2 février, symbolise le changement, la croissance spirituelle, fête du feu et de la lumière
Ostara :	20 mars, équinoxe de printemps, la déesse rend la terre fertile, le dieu gagne en maturité
Beltane	30 avril – 1er mai, retour de la vitalité, de la passion
Litha	21- 22 juin, solstice d'été, date favorable pour la pratique de la magie et du handfasting (rituel des mains liées) l'équivalent du mariage chez les wiccans
Lughnasadh	31 juillet – 1er août, fête du pain et de la première récolte, associée à Lugh Dieu du soleil
Mabon	21-23 septembre, équinoxe d'automne, seconde récolte, période favorable à la méditation et à l'introspection
Samhain	31 octobre, fin de l'année chez les wiccans, période de célébration, le voile entre le monde des vivants et des morts se lève permettant de revoir les défunts, le 1er novembre représente le premier jour de la nouvelle année, un nouveau cycle

Bibliographie :

❖ **Imaginaire :**

- *Orami,* trilogie fantasy young Adult, Évidence Éditions, 2020-2021, Lauréat du prix L'Encre et les Mots catégorie Young Adult, 2021. Saga terminée.

- *Opale*, duologie bit-lit, BOD France, 2021, existe en intégrale reliée et numérique sur Amazon. Saga terminée.

- *Dreamcatcher*, trilogie fantastique historique, BOD France, 2022-2023. Saga terminée.

- *Le Loup et le phénix,* duologie spin-off Opale à paraître.

❖ **Romance** :
- *Un café pour noël*, romance de Noël, one shot, Evidence Editions, 2022.
- *Au-delà de nous*, romance contemporaine, one shot, Amazon, 2023.

❖ **Autres :**
Maux d'amour, recueil de poésie, Amazon, 2022.
Mon carnet de chroniques, Amazon, 2022.

À propos de l'auteur:

Vous pouvez me suivre sur:

- Instagram

Aurélie Swan Autrice

https://www.instagram.com/aurelieswan.autrice/

- Site auteur:

https://aurelieswanautrice.wordpress.com/

Si vous avez aimé votre lecture, n'hésitez pas à me laisser vos avis sur Amazon, Babelio et Booknode. C'est grâce à vous que mes livres vivent et voyagent d'un lecteur à l'autre alors Merci pour cette aventure !